新 潮 文 庫

文豪ナビ 川端康成

新 潮 文 庫 編

新 潮 社 版

7549

「それでいいのよ。
ほんとうに
人を好きになれるのは、
もう女だけなんですから。」

——『雪国』

好きになればなるほど
相手を傷つけてしまう、
そんな恋愛だってあるんです。

始めたときはそんなつもりじゃなかったのに、
気づいたときにはのっぴきならなくなっていた。
不倫、てそんな感じじゃないですか?
それはやがて、比べられないどちらかを
選ばなければならない日を迎えることになります。
だって、ひとは
二つの人生を同時に歩くことはできないから。
『雪国』は、
あなたの結ばれなかった恋の記憶を、

不倫したこと、ありますか。
いっしょにいるのに別れの言葉を探してたこと、ないですか。
燃えるような恋をもういちどしたい、と思いませんか。

そんなあなたに読んでほしい。

『雪国』

あまりにも有名。これだけは読んどかないと、ネ。

甘く切なく呼び覚ましてくれるでしょう。

川端は国境を越えて読みつがれている。イタリアにも『雪国』ファンは、いる。

娘はほんとうに
江口をやさしく抱いた。
老人はそのまま
静かにしていた。
目をつぶった。
あたたかくうっとりして来た。
ほとんど無心の恍惚であった。

——「眠れる美女」

死ぬこと、齢《とし》をとること
男や女でなくなること
どれがいちばんコワイですか？

その昔、ある中国の皇帝は不老不死を切望し、
仙人の肉さえ食らったと言い伝えられます。
歳月は人から、
いろんなものを容赦なく奪い去ってゆきます。
生命の炎を燃やし続けるために、
若い息吹を少しでも手に入れるために、
残酷な歳月に打ちのめされないために、
あなたなら何をするでしょう。
『眠れる美女』に用意された驚くべき誘惑を、

異性を買ってでも手に入れたいと思ったこと、ありますか。
成熟しきっていない女性に魅力を感じたこと、ないですか。
背徳の世界をのぞいてみたい、と思いませんか。

そんなあなたに読んでほしい。

『眠れる美女』

裸で眠りつづける美女と一夜を過ごしたら…

『眠れる美女』早わかり ➡ P28
10分で作品を読む ➡ P57
エッセイ（石田衣良） ➡ P97
作品の詳しい説明 ➡ P152

あなたは受け入れるでしょうか。

『眠れる美女』の設定を裏返した作品が石田衣良の『娼年』。
川端は現代作家にとっても誘惑に満ちている。

「幻は、男のひとの心にあるか
胸にあるか、
もっと、ほかにも、あらわれるか
わからしまへんやろ。」
「……………。」
「苗子が六十の
おばあさんになったかて、
幻の千重子さんは、やっぱり、
今のお若さやおへんか。」

――『古都』

あのとき、もしちがう道を
選んでいたら
出逢いも、いまの自分も
なかったかもしれないのに。

運命のいたずら。
それが積み重なって、
いまの自分がこうして生きているのかもしれません。
でも、その運命の糸をたぐり寄せたのは、
もしかしたらあなたの隠された意志だとしたら。
そして、明日には
思いもよらぬ急展開が待ち受けているとしたら。
さあ、
千年の都の美しい四季を舞台にした『古都』で、

手の届かない人を好きになったこと、ありますか。
京都にあこがれたこと、ないですか。
いま一歩、結婚に踏み切れないでいませんか。

そんなあなたに読んでほしい。

『古都』

運命の双子、千重子と苗子の恋の絵巻

『古都』早わかり ⟹ P25
作品の詳しい説明 ⟹ P147

運命の不思議とラブストーリーを満喫してください。

古都を舞台に、健気に生きるヒロイン。川端が託した「日本の美」がここにある。

文豪ナビ 川端康成

目次

イラスト●野村俊夫　写真●広瀬達郎　編集協力●北川潤之介

5ページ写真

右／'Snow Country' Translated by Edward G. Seidensticker TUTTLE CLASSICS (TUTTLE PUBLISHING)
中／新潮CD『雪国（上）』朗読・加藤剛
左／新潮文庫『雪国』

9ページ写真

右／新潮文庫『眠れる美女』
左／石田衣良著『娼年』（集英社）

13ページ写真

右／DVD　山口百恵主演映画大全集14『古都』（1980年日本映画／監督・市川崑／共演・岸恵子、實川延若、三浦友和、沖雅也／東宝＝ホリプロ／販売・東芝EMI）
左／新潮文庫『古都』

本文地図　長野美穂

本書は書下ろしです。
データは刊行時のものです。

超早わかり！　川端作品ナビ

川端康成 おすすめコース

伊豆の踊子 ＜ 雪国 ＜ 古都 ＜ 眠れる美女 みずうみ ＜

最初の旅の目的地は、伊豆。天城峠から下田の港まで、ロマンチックな出逢いと別れが待ってます。50ページ足らずに凝縮された青春の名作。

「**国**境の長いトンネルを抜けると…」超有名な書き出しの「雪国」は越後湯沢への不倫の旅です。

《**そ**うだ京都、行こう。》「古都」は美しい日本の伝統文化と美しい双子の女性を、なめらかに繊細に綴った、京都ラヴ・ストーリー。

日本で初めてノーベル文学賞を受賞した川端。スウェーデンに旅しておこなった記念講演が「美しい日本の私」。最高の気分だったろうなあ。

名所紀行ばかりが旅じゃない！「眠れる美女」は幻の女性の棲むユートピアに紛れ込んだ老人の物語。

千羽鶴
波千鳥

山の音

美しい日本の私

川端が長く暮らした鎌倉へ。「千羽鶴」とその続編「波千鳥」は主人公・菊治の女性関係がドロドロに行き詰まっちゃいます。

「山の音」は川端文学の最高傑作といわれている小説。鎌倉で同居する父と息子、その嫁のあやうい関係を静か〜に描いている。

あなたにピッタリの川端作品は？

タイトルは有名だけど本当に面白いの？　どんなタイプの話かわかれば読む気になるんだけど……。「超早わかり！ 川端作品ナビ」なら、あなたにピッタリの川端が見つかります。

川端に誘《いざな》われて、あなたは美しい日本とその心の旅人になる

旅に出たいなあ――。ふと、そう想《おも》うことがありませんか。そんなとき、川端康成《やすなり》の作品を開いてみてください。彼に導かれて、美しい日本と、そこに棲《す》む男女のはかなくも妖《あや》しい心に出逢《であ》うことができるはず。それはいつしか、あなた自身の揺れ動く心の奥底をたどる旅になることでしょう。さあ、旅立ちのときです。

旅先で出逢った人にときめいたことはありますか？
あなたを大人にする〈伊豆《いず》〉青春「あいのり」※の旅

初めての旅なら、伊豆を選びましょう。直通列車に今なおその名を残す青春小説の名作『伊豆の踊子《おどりこ》』※※。ロマンチックな出逢いと別れが待っていますよ。

「私」は旧制高校（現在の大学の教養課程）の学生。孤独な心

※若者に人気の視聴者参加のテレビ番組。応募した男女が同じバスに乗り、世界を旅してゆく。カップルになったり、告白してふられたら、旅をリタイアして帰国するルール。

※※映画化はなんと六回。作

を抱えて旅する途中、踊子の一行と出逢います。場所は、雨あがりの天城《あまぎ》峠の「トンネルの出口」。闇《やみ》から光の中へ、何とも象徴的ではありませんか。なんてったってこの旅は、青年が大人へと脱皮するためのものなのですから。

　踊子たちもまた、伊豆大島からやってきて、あちこちの温泉町で芸を披露している旅人。旅の道連れとなって過ごすうちに、「私」は、少女から大人の女へと変身する直前の、あやうい美しさを輝かせている若い踊子と親しくなり、次第に惹《ひ》かれてゆきます。旅って、偶然の出逢いにもなぜか心が動いてしまうから、不思議ですよね。

　でもこの「薫《かおる》」という名の若い踊子が、信じられないほど清らかな心の持ち主なんです。孤児根性で歪《ゆが》んだ「私」の心が、彼女の汚《けが》れを知らない心によってきれいさっぱり洗い落とされてゆきます。まるで彼女の心の清純な「かおり」が、「私」の心によどんだ醜いものをきれいさっぱりデオドラントしちゃっ

品の人気のほどを物語る数字である。しかも主演女優は時のスターばかり。田中絹代に始まって、美空ひばり、鰐淵晴子、吉永小百合、内藤洋子、山口百恵。テレビドラマではキムタクが川端青年を演じたことがある。

『伊豆の踊子』

声に出して読む ➡ P70
映画に見る『伊豆の踊子』 ➡ P91
エッセイ（石田衣良） ➡ P97
踊子を歩こう ➡ P104
エッセイ（角田光代） ➡ P106
作品の詳しい説明 ➡ P125

たかのように。「私」は、これまでの人生で必死にこらえていた涙をほとばしらせます。そして涙とともに、昨日までの自分の心が、流れ去ったのです。やがてくる、別れ。場所は、下田の港。

この作品には、メルヘンのような鋭い痛々しさと潔癖感が漂っています。踊子の存在感が発散する鋭い「かおり」は、人生がきれい事で済まないことを知っている読者の鼻の奥にも、いつまでもなつかしく残ることでしょう。「男と女の関係」にならなくても、男の心が女によって救われる奇蹟《きせき》が、青年期には起こるものなんですよ。

国境の長いトンネルを抜けて、「待つ女」のいる土地へ
身に憶《おぼ》えはありませんか？　〈越後湯沢《えちごゆざわ》〉不倫の旅

都会生活で疲れ切った男が旅に出て、田舎で暮らす清純な女性によって苦悩を癒《いや》されるのは、よくある話。でも、『雪国』※の島村の場合、行きずりの情事ではなく、温泉芸者・駒子《こまこ》を訪ねて三度も越後湯沢に旅をするのです。しかも彼には東京に妻子があるのだから、まさしく不倫。わかっているのに、駒子は、けなげに待ち続けています。こういうシチュエーションにあこがれる男って、けっこう多いものなんですよね。

短い旅がくり返されるにつれて、男と結ばれ、男の苦悩を肩代わりした女の心がだんだん傷ついてゆき、ついに我慢の限度を超えてしまいます。男って、勝手な生きものですよね。自分が必要なときだけ女を求めるなんて。傷つくのはいっつも女。

しかも島村は、駒子と深い仲になっているのに、駒子の妹分で、かなしい心を持った若い葉子にも次第に心惹かれてゆくんです。なんてヤツだ。でも男が「本命の女性」と交際しているうちに、「本命の女性の妹や侍女」に恋愛感情を転移させてゆく、というのは、物語でも現実でもけっこう聞くじゃないです

※こちらは映画化は二回だが、主演女優が豪華（岸恵子と岩下志麻）な点は『伊豆の踊子』同様。なお、『雪国』は韓国でも映画化されており、最近の〝韓流ブーム〟に先駆けて、原作が韓国で評価されていた点が面白い。

『雪国』

10分で作品を読む ➡ P36
声に出して読む ➡ P73
エッセイ（石田衣良）➡ P97
映画に見る『雪国』 ➡ P114
作品の詳しい説明 ➡ P133

か。男は旅人、なんて、そんなカッコイイもんじゃないと思うけどなあ。

一年に一度だけやってくる牽牛《けんぎゅう》（彦星《ひこぼし》）を、泣きながら待つ織女《おりめ》（織姫）のように。駒子も、ふらっと雪国に旅してくる島村をじっと待つしかありません。最後の場面で、火事を見上げる島村。「さあと音を立てて天の河が島村のなかへ流れ落ちるようであった」。七夕伝説を用いて、見事に別れのときを暗示しているじゃありませんか。

いつの時代でも、男たちは「この世ならぬ美」に憧《あこが》れたり、陶酔したり、幻滅したり。そんな男に抱かれることで、幻でない生身の女たちは傷ついてきました。宇宙がある限り天の河は牽牛と織女の仲を裂き続け、地上でも男と女は傷つけ合いながら肌を合わせつづけるのでしょう。けれども、より苦しいのは女の方かもしれません。駒子の「ああっ」という、腹の底からしぼりあげた叫びが、あなたの心に響きつづけることでしょう。

だれの心の中にも新しさと古さが同居している
あなたの日本人性に響いてくる・そうだ〈京都〉への旅

川端は『古都』※を書くために、京都で暮らしています。そこに棲んで、しっかり向き合わねばならなかった。日本人としての自分自身の心の中心を見つめようとする旅だったからでしょう。

ヒロインの千重子は、捨て子。しかし慈《いつく》しまれて育ち、美しい娘に成長しました。経営に衰えの見え始めた養父の呉服問屋の再建に力強く乗り出し、大問屋の後継者である青年・竜助と心を通い合わせています。時代の波を受け入れつつ、古き良き日本を必死に守ろうとしているその姿は、伝統と革新が激しく揺れ動く京都そのものと言えるでしょうか。

その千重子は、なんと双子《ふたご》のかたわれだったのです。親から

※これも山口百恵主演の映画化あり。川端康成には山口百恵がよく似合う？（ただし百恵はリメイク版。一九八〇年、市川崑監督。最初の映画化は一九六三年、岩下志麻主演で監督は中村登である）

『古都』

エッセイ（石田衣良）➡P99
作品の詳しい説明➡P147

捨てられなかった苗子《なえこ》は、京都郊外の北山杉の里で貧しく育ち、両親とは早くに死別して「孤児」となっていました。まだ見ぬ「幻の姉」※にあこがれる苗子。そんな育った環境の大きく異なる二人が、祭りの夜に運命的に再会するのです。めぐりあった千重子は、苗子が思い描いた幻そのままの、非の打ちどころのない理想の女性像でした。しかし苗子は、ただ一度姉の家に泊まりに行き、姉の心を知り、姉の邪魔にならないように、立ち去ってゆきます。

千重子にあこがれていたのは苗子だけではありません。西陣の機織《はたお》り職人の秀男もまたそのひとり。しかし彼は、高嶺《たかね》の花ではなく、自分に手の届く苗子に求婚します。

ここでちょっと考えてみてください。秀男は、苗子本人を愛していると言えるでしょうか。生身の苗子を通して「幻の千重子」を愛していただけなのでしょうか。でも、幻を愛することがそんなにいけないこと？　生身の女性の心を踏みにじること

※　双子はその運命自体がドラマを孕んでいるのだろう、様々なジャンルで数多の作品が残されている。ケストナー『ふたりのロッテ』、アゴタ・クリストフ『悪童日記』『ふたりの証拠』『第三の嘘』、村上春樹『1973年のピンボール』などの文学作品から、手塚治虫のマンガ『双子の騎士』、浦沢直樹『MONSTER』、映画『スター・ウォーズ』のレイア姫とルーク・スカイウォーカー、NHKの連ドラ「ふたりっ子」（大石静脚本）という具合。最近の文芸作品では、いしいしんじ『プラネタリウムのふたご』がある。

なのでしょうか。恋人とキスするときに、一瞬でも「初恋の人」の面影が脳裏に思い浮かんだ経験、あなたにはなかったでしょうか。また、どうすれば、苗子は「千重子の身代わり」という損な役割から解放されるのでしょうか。苗子は秀男の求婚を受け入れるでしょうか。

幻の女性たちの棲むユートピアを探し求めて あなたを破滅へと誘う〈隠れ里〉紀行

川端作品の旅は、そのまま「女性紀行」※※でもあると言えそうです。まだ男性を知らない潔癖な女性、結婚直前の触れればまさに壊れそうな危うさの女性、南国的で野性的な女性、文化的でみやびな女性、男を破滅させる魔性の女性などなど。心に渇きを覚えた男は、一度ならず何度も、破滅するまで、トンネルをくぐって魔界に足を運ばざるをえないのです。そして、訪れ

※※川端作品の「女性紀行」は、男性には危険な旅である。『伊豆の踊子』の薫、『古都』の千重子はまだしも、『雪国』の駒子、『浅草紅団』の弓子や『千羽鶴』の女性たちに対しては、それが現実の出会いではなくとも心になにがしかの「跡」が残ってしまうのではないか。しかも旅の果ては魔界に通ず。なお、あえてそこに飛び込もうという勇気のある諸氏には、29ページの脚注をご参考に。

るごとに、男も女も、心の傷は深まってゆくのです。

『眠れる美女』※は、そういう隠れ里に紛れ込んだ江口という老人の物語。

江口老人は、前後不覚に眠らされた裸の美女と一夜を過ごせる「隠れ家」を五回も訪れ、六通りのタイプの女性と時間を過ごします。この隠れ里では、眠っている女性と「最後の一線」を越えてはならないのがルール。老人は、一線を越えるか越えないかの瀬戸際《せとぎわ》で、自分のこれまでの人生を彩《いろど》ってくれた女性たちとの体験を、次々に思い出すのです。

白磁の壺《つぼ》のように、なめらかで冷たい、眠れる美女の肌ざわりに似た静かな文章によって、江口の心のかなしみがあふれ出します。それは、どこにも「本当の仙境」などないのだというあきらめかもしれないし、世の中全体が大きな「魔界」という壺の中の世界かもしれないという恐怖心なのかもしれません。

隠れ里は、トンネルの向こうの奥山とか、南国の孤絶したり

※この作品に触発されて石田衣良は小説『娼年』を書き上げた。『眠れる美女』の設定を裏返した作品にしており、必読。また、2004年暮れ、ガルシア＝マルケスは、『眠れる美女』を下地にした新作を発表。九十翁の「愛」を描いて評判になった。

『眠れる美女』

10分で作品を読む ➡ P57
声に出して読む ➡ P89
エッセイ（石田衣良）➡ P97
作品の詳しい説明 ➡ P152

ゾートにしかないわけではないのです。ちょっとした都会の片隅に、あるいは郊外に、さりげなく存在し続けているのです。あなたの隣りにも、そしてあなたの隠された心の奥底にも待ち受けていて、今しもあなたを迎え入れようとしているかもしれませんよ。

「美しい女への妄執《もうしゅう》にとらわれる男」というテーマに興味を持ったら、『みずうみ』※※を読み進めるといいでしょう。幻を追い求めた男のかなしい転落の旅が語られています。

息苦しいほどの恋愛をしたことがありますか
女性心理を探求する〈鎌倉《かまくら》〉への旅

川端は、鎌倉に長く暮らしました。このもう一つの古都を舞台とする名作も書かれています。どれもが男と女の作り出す魔界と妄想の毒が仕込まれた緊迫の心理ドラマ。

※※
男を破滅に追い込む運命の女ファム・ファタル。文芸では格好のテーマで、仏文学者・鹿島茂は『悪女入門――ファム・ファタル恋愛論』で、カルメン、マノン・レスコーなど歴代の魔性の女の魅力に迫る。小品ながら近松秋江の『黒髪』は、裏切られた男の妄執を描きっているし、江戸川乱歩の『人間椅子』は不気味な一編。映画ならF・トリュフォーの「隣の女」が怖いし、ジャン・ギャバンの「望郷――ペペルモコ」も男の哀しみが全編に漂う。

『千羽鶴《せんばづる》』とその続編の『波千鳥《なみちどり》』の菊治の女性関係はドロドロに行き詰まっています。亡《な》き父親の愛人だった太田夫人と二回も通じ、その娘の文子とも、一度だけ関係を持ってしまう。太田夫人は、父の親友の未亡人だったのに、いつの間にか父の愛人となった魔性の女。はるか年下の菊治と通じた後で、彼女は自殺してしまうし、苦しんだ文子は失踪《しっそう》し、父の故郷である九州をさすらいます。彼女たち母娘《おやこ》を、ここまで苦しめてしまった菊治。その「罪」と「悪」と「後悔」が彼を苦しめ、晴れて結ばれた清純無比の新妻・ゆき子と肉体関係を結べなくなってしまうのです。なんとも息苦しい展開じゃありませんか。

菊治とゆき子に、これからどういう未来があるのか。川端は、創作ノートを盗まれて、『波千鳥』を完成できませんでした。だから、その完結編は、あなたが想像してください。

それにしても、女性像の多彩なことといったら、まさに女性心理のカタログを見るようです。清らかなゆき子。魔性の太田

『波千鳥』

作品の詳しい説明 ➡ P140

『千羽鶴』

声に出して読む ➡ P89
エッセイ（石田衣良）➡ P101
作品の詳しい説明 ➡ P119

夫人。母の魔性の遺産を受け継いで苦しむ文子。これらの「仏界の女」や「魔界の女」以外にも、日常生活のシンボルそのものの栗本《くりもと》ちか子という嫌われ役が、異彩を放っています。彼女は、肉体的にも精神的にも醜い女。彼女の存在があるからこそ、ゆき子や太田夫人のかなしみが引き立てられています。

川端文学の最高傑作とされる『山の音《おと》』※では、劇的なドラマこそ起きないものの、平凡な家庭に潜む異様で異常な思いの数々が、鎌倉で同居する父と息子、その嫁のあやうい関係の上に、静かにあぶり出されます。

老年期を生きる父・信吾《しんご》の楽しみは、嫁・菊子と過ごす時間。夕方会社が引けると、その足で自宅に直行する毎日です。その信吾の心の中には、「幻の女」が棲《す》んでいます。それは、若くして死んだ妻の姉。信吾は自分が生きているうちに、菊子を「幻の女」の故郷である信州の山に連れて行きたいと考えるよ

※　『千羽鶴』『波千鳥』の男女のドロドロ、そして『山の音』の親族をめぐる小さな世界での愛憎劇、これもまた永遠のテーマだ。スタインベックの『エデンの東』しかり、オニールの『楡の木陰の欲望』しかり、ツルゲーネフの『はつ恋』しかり。新しいところでは、渡辺淳一の『ひとひらの雪』が、男女の抜き差しならない関係を描いてベストセラーになった。

うになります。確実に近づきつつある「死」の訪れであるかのような裏山の音におののく信吾にとって、この旅は、人生の最後を飾る想《おも》い出《で》となるはずなのです。「幻の女」を死の間際まで求めてやまない男のかなしみ。そういう男から愛される女たちの「やさしさ」。

菊子は夫・修一との愛の営みの結果、大人の女の成熟した体になりつつあります。その一方で修一には、東京に愛人がいることに、菊子は気づいています。夫の子を身ごもる菊子。けれども、夫が浮気中は子どもを産まないと決断し、堕胎してしまいます。そうした菊子の「精神の少女性」が、信吾の「幻の女」のイメージと重なる点なのでしょう。

ただし、信吾と菊子の関係は、それ以上には進みません。やがて修一の愛人は、私生児を身ごもり、東京から田舎へもどって子どもを産んで育てる決心をします。『波千鳥』の文子が九州へと逃れて新しく生まれ変わったように、女は遠くに旅立つ

『山の音』

10分で作品を読む ➡ P46

声に出して読む ➡ P83

エッセイ（石田衣良）➡ P101

作品の詳しい説明 ➡ P137

ことで再生するのでしょうか。

けれども、男は最期《さいご》まで、苦しい旅を続けなければならないようです。老人は、やすらかな死で旅に終止符を打つのが唯一《ゆいいつ》のなぐさめなのかもしれません。そう考えれば、「老醜」を恐れた川端の自殺も、少しは納得できるような気がしませんか。

最後に～ノーベル文学賞をめぐる旅路

日本で初めてノーベル文学賞を受けた川端康成。そのときのスウェーデンへの旅は、最高の到達点だったのでしょう。受賞記念講演『美しい日本の私』では、ゆらめきつづけた旅人の心が、この時ばかりは、歌舞伎《かぶき》の大見得《おおみえ》のように、ピタッと静止していました。

その後再び、この旅人の心は揺れ始め、苦難の旅が始まります。

『美しい日本の私』

エッセイ（石田衣良）➡P100

川端に導かれた旅は、ここでいったん終わります。まだまだ訪れていない場所は、あちこちあります。若い頃に彼がこよなく愛した下町・浅草※。別荘のあった軽井沢。少年期を過ごした故郷・大阪。そして、「魔界」と名づけた心の奥底への旅もまた、彼がこだわった場所の一つです。さあ、次の行き先を決めるのは、あなたです。

※ 『浅草紅団』。新潮文庫収録作品ではないが、必読。都会のギャング団の登場する話として、石田衣良の人気作『池袋ウエストゲートパーク』と、新旧読み比べてみるのもおもしろい。

木原武一

【きはら・ぶいち】

1941年東京都生れ。東京大学文学部卒。文筆家。著書に『大人のための偉人伝』『父親の研究』『要約 世界文学全集Ⅰ・Ⅱ』、翻訳書に『聖書の暗号』などがある。

10分で読む「要約」川端康成

『雪国』

国境の長いトンネルを抜けると雪国であった。夜の底が白くなった。信号所に汽車が止まった。向側の座席から娘が立って来て、島村の前のガラス窓を落した。

「駅長さあん、駅長さあん。」

「ああ、葉子さんじゃないか。お帰りかい。また寒くなったよ。」

「駅長さん、弟をよく見てやって、お願いです。」

悲しいほど美しい声であった。高い響きのまま夜の雪から木魂《こだま》して来そうだった。

連れの男は明らかに病人で、二人のしぐさは夫婦じみて見えた。

島村はふと指で窓ガラスに線を引いた。窓ガラスの鏡の底に夕景色が流れ、そこに二重写しのように娘の顔が写しだされ、その二つが融《と》け合いながらこの世ならぬ象徴の世界を描いていた。殊《こと》に娘の顔のただなかに野山のともし火がともった時には、島村はなんともいえぬ美しさに胸が顫《ふる》えたほどだった。

島村は駅から宿の番頭と自動車に乗った。雪の色が家々の低い屋根を一層低く見せて、村はしいんと底に沈んでいるようだった。

島村が内湯から上って来ると、帳場の曲り角に、裾《すそ》を冷え冷えと黒光りの板の上へ拡《ひろ》げて、駒子《こまこ》が立っていた。この春にはじめて会って以来、手紙も出さなかったが、彼女は彼を責めるどころか、体いっぱいになつかしさを感じていることが知れた。

「こいつが一番よく君を覚えていたよ。」と、島村は人差指だけ伸した左手の握り拳《こぶし》を、いきなり女の目の前に突きつけた。

「これが覚えていてくれたの？」彼女は島村の掌《てのひら》を拡げて、その上に顔を押しあてた。


固い女帯をしごく音で、島村は目が覚めた。

「私帰るわ。」と、女は窓を開け放した。明け方の寒さに驚いて、島村が枕《まくら》から頭を上げると、空はまだ夜の色なのに、山はもう朝であった。やがて部屋のなかまで明るんで来た。鏡の奥が真白に光っているのは雪であった。その雪のなかに白粉《おしろい》を落した女の真赤な頰が浮んでいる。なんともいえぬ清潔な美しさであった。

駒子はこの雪国の生れで、三味線と踊の師匠の家に住んでいた。案内してくれた彼女の部屋は屋根裏のかつての蚕部屋だった。蚕のように駒子も透明な体でここに住んでいるかと思われた。箪笥《たんす》は古びているが、駒子の東京暮しの名残か、柾目《まさめ》のみごとな桐《きり》だった。島村が汽車のなかで見た病人は、師匠の息子で、今年二十六になる。腸結核で、故郷へ死にに帰ったのだという。

門口を出しなに、ほの白いものが眼について振り返ると、桐の三味線箱だった。煤《すす》けた襖《ふすま》があいて、「駒ちゃん、これを跨《また》いじゃいけないわ？」

澄み上って悲しいほど美しい声だった。島村は聞き覚えている、夜汽車の窓から雪のなかの駅長を呼んだ、あの葉子の声である。

「いいわ。」と、駒子が答えると、葉子はひょいと三味線を跨いだ。ガラスの溲瓶《しびん》をさげていた。島村は表に出てからも、葉子の目つきが彼の額の前に燃えていそうでならなかった。

翌《あく》る朝、島村が目を覚ますと、駒子はもう火鉢へ片肘《かたひじ》突いていた。

「昨夜酔ってたから、とろとろと眠っちゃったらしいわ。」

島村が朝湯から帰った時、彼女は手拭《てぬぐい》を器用にかぶって、かいがいしく部屋の掃除をしていた。机や火鉢の縁まで癇性《かんしょう》に拭《ふ》いていた。

「箪笥のなかを見れば、その女の性質が分るって言うよ。按摩《あんま》から聞いたんだけど、君はあの、息子さんのいいなずけだって？　芸者になって、療養費を稼いでるそうだね。」

「はっきり言いますわ。お師匠さんがね、息子さんと私といっしょになればいいと、思った時があったかもしれないの。だけど、二人は別になんでもなかった。ただそれだけ。」

「幼馴染《おさななじみ》だね。」

「ええ。東京へ売られて行く時、あの人がたった一人見送ってくれた。」

駒子は三味線を膝《ひざ》に構えると、勧進帳《かんじんちょう》を弾きはじめた。三味線の音が腹まで澄み通って来た。全く彼は驚いてしまったと言うよりも叩《たた》きのめされてしまった。勧進帳が終ると島村はほっとして、ああ、この女はおれに惚《ほ》れているのだと思ったが、それがまた情なかった。島村には駒子の生き方が虚《むな》しい徒労とも思われた。

三曲目に都鳥を弾きはじめた頃は、島村はもう鳥肌立つような思いは消え、温かく安らいで、駒子の顔を見つめた。そうするとしみじみ肉体の親しみが感じられた。あの美しく血の滑らかな脣《くちびる》は、小さくつぼめた時も、そこに映る光をぬめぬめ動かしているようで、そのくせ唄《うた》につれて大きく開いても、また可憐《かれん》に直《す》ぐ縮まるという風に、彼女の体の魅力そっくりであった。百合《ゆり》か玉葱《たまねぎ》みたいな球根を剥《む》いた新しさの皮膚は、首までほんのり血の色が上っていて、なによりも清潔だった。

駒子はコオトに白い襟巻をして、駅まで見送って来た。駅前の小高い広場を歩いていると、街道から停車場へ折れる広い道を葉子があわただしく駈《か》けて来た。

「ああっ、駒ちゃん、行男さんが、駒ちゃん。」と、葉子は息切れしながら、子供が母親に縋《すが》りつくみたいに、駒子の肩を摑《つか》んで、「早く帰って、様子が変よ、早く。」

駒子は肩の痛さをこらえるかのように目をつぶると、さっと顔色がなくなったが、思いがけなくはっきりかぶりを振った。

「お客さまを送ってるんだから、私帰れないわ。」

「見送りなんて、そんなものいいから」

「よくないわ。あんたもう二度と来るか来ないか、私には分りゃしない。」

「来るよ、来るよ。」

「この人を帰して下さい。」と言うなり、葉子は後向いて走り出した。

「いや、人の死ぬの見るなんか。」と、駒子は言った。

汽車が動くと待合室のガラスが光って、駒子の顔はその光のなかにぽっと燃え浮ぶかと見る間に消えてしまった。国境の山を北から登って、長いトンネルを通り抜けてみると、冬の午後の薄光りは地中の闇《やみ》へ吸い取られてしまったかのように、また古ぼけた汽車は明るい殻をトンネルに脱ぎ落して来たかのように、もう峰と峰との重なりの間から暮色の立ちはじめる山峡を下って行った。こちら側にはまだ雪はなかった。

島村が汽車から降りて真先に目についたのは、急斜面の山腹の頂上近く、一面に咲き乱れている白い花だった。宿の主人にきくと、萩《はぎ》と見えたその花は萱《かや》だった。

駒子は少し遅れて来た。

「あの人はどうなった。」

「無論死にました。」

網戸に蛾《が》が点々ととまって、澄み渡った月明りに浮んでいた。「胃が痛い、胃が痛い。」と、駒子は両手を帯の間へぐっと挿し入れると、島村の膝へ突っ伏した。首のつけ根が去年より太って脂肪が乗っていた。二十一になったのだと、島村は思った。

「一年振りねえ。一年に一度来る人なの？　あんた私の気持分る？」と、駒子は障子をさっとあけて、窓に体を投げつけるように腰かけた。

「分るよ。」

「分るなら言ってごらんなさい。」と、駒子は突然思い迫った声で突っかかって来た。

「それごらんなさい。言えやしないじゃないの。嘘《うそ》ばっかり。あんたは贅沢《ぜいたく》に暮して、いい加減な人だわ。悲しいわ。私が馬鹿《ばか》。」と、駒子は声をつまらせたが、じっと目をつぶると自分というものを島村がなんとなく感じていてくれるのだろうかと、

「一年に一度でいいからいらっしゃいね。私のここにいる間は、きっとね。」

年期は四年だと言った。三年足らずの間に三度来たが、その度毎《ごと》に駒子の境遇の変っていることを、島村は思っていた。

「煙草《たばこ》を止めて、太ったわ。」

腹の脂肪が厚くなっていた。

離れていてはとらえ難いものも、こうしてみると忽《たちま》ちその親しみが還《かえ》って来る。

紅葉を門松のように、宿の番頭達が門口へ飾りつけていた。観楓客《かんぷうきゃく》の歓迎である。

葉子が炉端に坐《すわ》っていた。銅壺《どうこ》で燗《かん》の番をしているおかみさんになにか言われる度に、うなずいていた。葉子は勝手働きしているようだった。

葉子がこの家にいるのだと思うと、島村は駒子を呼ぶことにもなぜかこだわりを感じた。駒子の愛情は彼に向けられたものであるにもかかわらず、それを美しい徒労であるかのように思う彼自身の虚《むな》しさがあって、けれども反《かえ》ってそれにつれて、駒子の

生きようとしている命が裸の肌のように触れて来もするのだった。彼は駒子を哀れみながら、自らを哀れんだ。そのようなありさまを無心に刺し透《とお》す光に似た目が、葉子にありそうな気がして、島村はこの女にも惹《ひ》かれるのだった。

島村が呼ばなくとも駒子は無論しげしげと来た。彼女は宿へ呼ばれさえすれば、島村の部屋へ寄らぬことはなかった。宴会があると一時間も早く来て、女中が呼ぶまで彼のところで遊んでいた。

ヴァレリイやアラン、それからロシア舞踊の花やかだった頃のフランス文人達の舞踊論を、島村は翻訳していた。小部数の贅沢本として自費出版するつもりである。今の日本の舞踊界になんの役にも立ちそうでない本であることが、反って彼を安心させた。自分の仕事によって自分を冷笑することは、甘ったれた楽しみなのだろう。

彼は昆虫どもの悶死《もんし》するありさまを、つぶさに観察していた。秋が冷えるにつれて、彼の部屋の畳の上で死んでゆく虫も日毎《ひごと》にあったのだ。翼の堅い虫はひっくりかえると、もう起き直れなかった。死骸《しがい》を捨てようとして指で拾いながら、家に残して来た子供達をふと思い出すこともあった。

「御免下さい。」と、葉子が呼んでいた。「あの、駒ちゃんがこれよこしました。」

葉子は立ったまま郵便配達のように手を突き出したが、あわてて膝を突いた。島村がその結び文《ぶみ》を拡げていると、葉子はもういなくなった。「今とっても朗らかに騒いでます酒のんで。」と、懐紙《ふところがみ》に酔った字で書いてあるだけだった。しばらくして葉子がまた駒子の結び文を持って来た。

「早く東京へ帰った方がいいかもしれないんだけれどもね。」

「私も東京へ行きますわ。連れて帰って下さい。」と、こともなげに、しかし真剣な声で言うので、島村は驚いた。


妻子のうちへ帰るのも忘れたような長逗留《ながとうりゅう》だった。離れられないからでも別れともないからでもないが、駒子のしげしげ会いに来るのを待つ癖になってしまっていた。そうして駒子がせつなく迫って来れば来るほど、島村は自分が生きていないかのような苛責《かしゃく》がつのった。いわば自分のさびしさを見ながら、ただじっとたたずんでいるのだった。こんど帰ったらもうこの温泉へは来られないだろうという気がした。

突然擦半鐘《すりばんしょう》が鳴り出した。

「繭倉《まゆぐら》が焼けてるのよ。」と、駒子は島村の肩に頰を押しつけた。「今夜、繭倉で映画があるの。人がいっぱいよ。」

「天の河。きれいねえ。」と、つぶやくと、駒子はまた走り出した。ああ、天の河と、島村も振り仰いだとたんに、天の河のなかへ体がふうと浮き上ってゆくようだった。

「あんたと離れるのこわいわ。だけどもう早く行っちゃいなさい。あんたが行ったら、私は真面目《まじめ》に暮すの。」と、駒子はゆるんだ髷《まげ》に手をやった。

繭倉の半ばほどはもう屋根も壁も焼け落ちていたが、柱や梁《はり》などの骨組はいぶりながら立っていた。あっと人垣が息を呑《の》んで、女の体が落ちるのを見た。葉子だった。傾いて来た柱が葉子の顔の上で燃え出した。葉子はあの刺すように美しい目をつぶっていた。汽車の窓ガラスに写る葉子の顔のただなかに野山のともし火がともった時のさまを島村は思い出して、胸が顫《ふる》えた。駒子が飛び出して、葉子を抱えて戻ろうとした。その必死に踏ん張った顔の下に、葉子の昇天しそうにうつろな顔が垂れていた。

目を上げると、さあと音を立てて天の河が島村のなかへ流れ落ちるようであった。

【編者からひとこと】

岩場で遭難があったと聞いて、駒子は、熊《くま》は高い岩棚から落ちても、体は少しも傷つかない、という話をする。そこで島村は、「熊のように硬く厚い毛皮ならば、人間の官能はよほどちがったものであったにちがいない。人間は薄く滑らかな皮膚を愛し合っているのだ。」と、人肌の特性に思いをはせる。「熊の官能」ないし「熊肌」とはいかなるものか、面白い問題提起である。

『山の音《おと》』

尾形信吾《おがたしんご》の妻の保子《やすこ》は一つ年上の六十三である。一男一女がある。姉の房子には女の子が二人出来ている。息子の修一は父親と同じ会社に勤め、親と同居している。妻の菊子との間にはまだ子供がない。

還暦の去年、信吾は少し血を吐いた。肺かららしいが、念入りの診察も受けず、改まった養生もせず、その後故障はなかった。保子は達者なせいかよく眠る。信吾は夜なかに保子のいびきで目がさめたのかと思うことがある。今夜も保子のいびきで目をさました信吾は、咽《のど》をつかまえてゆすぶった。少し汗ばんでいた。はっきり手を出して妻の体に触れるのは、もういびきをとめる時くらいかと、信吾は思うと、底の抜けたようなあわれみを感じた。

むし暑いので起き出して、雨戸を一枚あけ、そこにしゃがんだ。「ぎゃあっ、ぎゃあっ、ぎゃあっ。」と聞える鳴声が庭でした。桜の幹の蟬《せみ》である。

八月の十日前だが、虫が鳴いている。木の葉から木の葉へ夜露の落ちるらしい音も聞える。そうして、ふと信吾に山の音が聞えた。

鎌倉のいわゆる谷《やと》の奥で、波が聞える夜もあるから、信吾は海の音かと疑ったが、やはり山の音だった。遠い風の音に似ているが、地鳴りとでもいう深い底力があった。自分の頭のなかに聞えるようでもあるので、信吾は耳鳴りかと思って、頭を振ってみた。音はやんだ。

音がやんだ後に、信吾ははじめて恐怖におそわれた。死期を告知されたのではないかと寒けがした。確かに山の音は聞えていた。魔が通りかかって山を鳴らして行ったかのようであった。鳴ったのは信吾の家の裏山らしかった。

＊

菊子が嫁に来た時、ほっそりと色白の彼女から、信吾は保子の姉を思い出したりした。信吾は少年のころ、保子の姉にあこがれた。同じ腹と信じられぬほど姉は美人だった。その姉は遺児を残して死に、信吾は保子と結婚した。息子の嫁に菊子が来て、信吾の思い出に稲妻のような明りがさすのも、そう病的なことではなかった。

修一は菊子と結婚して二年にならないのに、もう女をこしらえている。これは信吾にはおどろくべきことだった。女が出来てから、修一と菊子との夫婦生活は急に進んで来たらしいのである。菊子のからだつきが変った。

「このごろ少し耳が変になったのかもしれんね。」と、信吾は言った。「このあいだ、夜なかにそこで涼んでいると、その山の鳴るような音が聞えてね。」

保子も菊子も裏の小山を見た。

「いつかお母さまにうかがったことがありますわね。お母さまのお姉さまがおなくなりになる前に、山の鳴るのをお聞きになったって、お母さまおっしゃったでしょう。」

信吾はぎくっとした。そのことを忘れていたのは、まったく救いがたいと思った。山の音を聞いて、なぜそのことを思い出さなかったのだろう。

＊＊

信吾は家の近くまで帰って、よその家の日まわりの花を見上げていた。

「お父さま。」と菊子の声がした。買物籠《かご》をさげて、信吾の背に立っていた。「お帰りなさいませ。日まわりを御覧になってますの？」

「みごとなものだろう。」と信吾は言った。「偉人の頭のようじゃないか。」

偉人の頭という言葉は、今とっさに浮んだのだ。また同時に、そのさかんな自然力の量感に、信吾はふと巨大な男性のしるしを思った。

「このごろ頭がひどくぼやけたせいで、日まわりを見ても、頭のことを考えるらしいな。あの花のように頭がきれいにならんかね。さっき電車のなかで、頭だけ洗濯か修繕に出せんものかしらと考えた。頭をちょっと胴からはずして、洗濯ものみたいに大学病院へでも預けられんものかね。病院で脳を洗ったり、悪いところを修繕したりしているあいだ、胴はぐっすり寝てるのさ。寝返りもしないで、夢も見ないでね。」

「お父さま、お疲れなんでしょう。」と菊子が言った。

「そう。今日も会社で客と会って、煙草《たばこ》を一口吸って灰皿におく、また火をつけて灰皿におく、気がついてみると、同じように長い煙草が、三本ならんで煙を出しているのさ。わたしは恥ずかしかったね。」

たしかに疲れている。今日の明け方、二度夢を見て、二度とも夢に死人が出た。

＊＊＊

大晦日《おおみそか》の夜なかに降り出して、正月元日は雨だった。今年から満で数えることに改まったので、信吾は六十一に、保子は六十二になった。元日は朝寝するのだが、房子の子の里子が早くから廊下を走る音で、信吾は目をさました。

房子が大晦日にもどって来たのだった。保子が菊子に手つだわせて、煮染《にしめ》などを重箱に詰めているところへ、その台所口から房子ははいって来た。

「よくまあ、相原さんは、大晦日の夜に帰せたもんですね。」と保子が言った。

房子はだまって、涙を流した。

「まあいいさ。切れ目がはっきりしていて。」と信吾が言った。

「そうですかね。でも、大晦日に追い出されて来るひとがあるかしらと思ってね。」

「わたしが自分から出て来たんですわ。」

元日の朝、房子が一番おそくまで寝ていた。

嫁に出した娘の結婚生活については、もう親の力は知れたものだが、別れるほかはないところに来てみると、娘自身の力のなさがいまさら思われるばかりだった。相原は、麻薬の密売かなにか、そんなことをしているらしい。そんな男と別れて、子供二人抱えた房子を、親もとへ引き取れば、それでことがすむというわけにはゆかない。房子は癒《いや》されはしない。また房子の暮しが立ちはしない。

女の結婚の失敗には、解決がないのだろうか。

＊＊＊＊

信吾が修一となにげなく二人で話すのは、会社の行き帰りの電車に乗り合わせた時である。六郷《ろくごう》の鉄橋を渡って、池上《いけがみ》の森を見るのが、信吾の癖になっていた。その森に高くぬきんでている二本の松を発見したのは、最近のことだった。

今朝は吹降りのなかに、二本の松が薄く見える。

「修一。」と信吾は呼んで、「菊子はどこが悪いんだ。」

「なんでもないんですよ。」

修一は週刊誌を読んでいた。鎌倉の駅で二種買って、一冊を父に渡した。信吾は読まずに持っていた。

「ばあさんの話だと、昨日東京へ出て行って、夕方もどってから、寝ついたというが、その様子が尋常じゃない。そとでなにかあったらしいとは、ばあさんも察してるよ。晩飯も食べなかった。お前が九時ごろに帰った時だって、お前が部屋にゆくと、声を殺して、忍び泣きしてたじゃないか。」

「菊子だって、たまに病気することはあるでしょう。」

信吾はむっとした。

「その病気が、なんだと言うんだ。」

「流産ですよ。」修一は吐き出すように言った。信吾は声がかすれて、

「医者へ行って？」

「そうです。お父さんもごぞんじのように、つまり、僕が今のままでは、子供を産まないというんです。」

「つまり、お前に女があるうちは？」

「まあそうです。」

「まあそうですとは、なんだ。」信吾は怒りで、胸が苦しくなった。「それは菊子の、半ば自殺だぞ。そうは思わんのか。お前にたいする抗議というよりも、半ば自殺だぞ。」

＊＊＊＊

その日、信吾が早めに帰宅すると、菊子が廊下で、房子の下の子供の国子のおしめを取り替えていた。

「そうそう、山を見てらっしゃいね。」と菊子は赤んぼの股《また》を拭《ふ》いた。

アメリカの軍用機が低く飛んで来た。音にびっくりして、赤んぼは山を見上げた。飛行機は見えないが、その大きい影が裏山の斜面にうつって、通り過ぎた。影は赤んぼも見ただろう。信吾は、赤んぼの無心な目の輝きにふと心打たれた。

「この子は空襲を知らないんだね。戦争を知らない子供が、もういっぱい生れてるんだね。今の国子の目つきを、写真にうつしておくとよかったね。山の飛行機の影も入れてね。そうして次の写真では……。」

赤んぼが飛行機に撃たれて、惨死《ざんし》している。信吾はそう言いかかったが、菊子が昨日、人工流産したのを思ってやめた。しかし、この空想の二枚の写真のような赤んぼは、現実に数知れずあったにちがいない。

翌日、信吾が会社からもどると、保子は待ちかねていたように、

「菊子がね、里に帰りましたよ。寝ているんですって。いったいどうしたんでしょう。」

「子供をおろしたんだよ。」

「へえっ？」と保子は仰天した。「まあ。私たちにかくして……。あの菊子が？」

「お母さま、ぼんやりね。」と房子が言った。「私はちゃんとわかってたわ。」

＊＊＊＊＊

菊子が流産した子供、この失われた孫こそは、保子の姉の生れがわりではなかったろうか、そしてこの世には生を与えられぬ美女ではなかったろうか、というような妄想にとらえられている自分に、信吾はおどろいた。

数日後、菊子はみやげを手に、戻ってきた。信吾は和製の電気剃刀《かみそり》をもらった。そのお返しに、信吾は電気掃除機を買った。朝飯前に、菊子の使う掃除機の音と信吾の電気剃刀のモオタアの音とが、鳴り合っていると、信吾はなんだか滑稽《こっけい》な気もした。

ある晩、信吾はこんな夢を見た。信吾は尖《とが》り気味の垂れ乳をさわっていた。乳房にふれているのに、女が誰かわからなかった。女の顔も体もなく、ただ二つの乳房だけが宙に浮いていた。女は修一の友だちの妹になった。

夢からさめて、信吾は修一の友だちの妹を思い出してみた。菊子の嫁に来る前に、

修一と軽い縁談があって、交際もあった。

「あっ。」と信吾は稲妻に打たれた。夢の娘は菊子の化身ではなかったのか。夢にもさすがに道徳が働いて、菊子の代りに修一の友だちの妹の姿を借りたのではないか。もし、信吾の欲望がほしいままにゆるされ、信吾の人生が思いのままに造り直せるものなら、信吾は処女の菊子を、つまり修一と結婚する前の菊子を、愛したのではあるまいか。夢で菊子を愛したっていいではないか。夢にまで、なにをおそれ、なにをはばかるのだろう。うつつでだって、ひそかに菊子を愛していたっていいのではないか。

＊＊＊＊＊

信吾は、会社の事務員をしていた英子から、修一の女は絹子という戦争未亡人であることを聞いていた。会社を辞めて、絹子の務める店で働いていた英子が、ある日、突然会社にやってきて、絹子が妊娠していることを信吾に知らせた。四月になるという。

修一の妻の菊子と愛人とが、前後して妊娠した。世間にはあり得ることだが、自分の息子にあり得ようとは、信吾は思ってもみなかった。

息子の女の家へ行くのに、信吾には重苦しい躊躇《ちゅうちょ》があった。親の出る幕ではないだろう。いつからか息子とのあいだに、思わぬへだてが出来ているのかと、信吾は驚いた。絹子のところへ行くのも、菊子をあわれみ、菊子のために憤激してではないか。

「修一さんとは別れましたわ。もうお宅へ御迷惑はかけませんわ。」と絹子は言った。

「子供のことが残っているんじゃないんですか。」

「戦争未亡人が私生児を産む決心をしたんですわ。子供は私のなかにいて、私のものですわ。」

「不自然な子を今産まなくても。」

「なにが不自然ですの？　修一さんは産むなと言って、私をなぐったり、踏んだり、医者へつれて行こうとして、二階から引きずりおろされました。」

信吾はうなだれて、絹子の家を出た。絹子は信吾の出した小切手を受け取った。

＊＊＊＊＊＊

その日曜の夕飯には、一家が七人そろっていた。出もどりの房子と二人の子供も、今は家族である。相原から離婚届が送られ、その数日後の新聞に、心中未遂で女は死に、相原は命をとりとめた記事が載っていた。その後の彼は行方知れずである。

房子は改まって言った。

「お父さま、私になにか小さい店でも持たせていただけません。化粧品店でも、文房具屋でも……。どんな場末でもいいわ。屋台かスタンドの飲み屋がやってみたいわ。」

修一がおどろいたように、「姉さんに水商売が出来るの？」

「出来るわよ。なにもお客は女の顔を飲むわけじゃなし。」

「お姉さまにもお出来になりますわ。女はみんな水商売が出来ますもの。」と菊子が思いがけなく言い出した。「私だってお手つだいさせていただくわ。」

「へええ、これはえらいことになった。」と修一はおどろいてみせた。

「どうだね、この次の日曜にみなで、田舎へもみじ見に行こうと思うんだが。」と信吾は言った。

「もみじですか。行きたいですね。」保子の目が明るんだ。

「菊子も行こう。わたしたちの故郷をまだ見せてなかったから。」

「はい。」

【編者からひとこと】
満年齢で年を数える法律が施行されたのは昭和二十五年一月一日である。この小説では、時事ニュースがしばしば取り上げられ、古代遺跡から発見されたハスの実が「蓮博士」大賀一郎博士の手によって発芽したことが触れられているが、同年の七月七日のことである。国産の電気剃刀がはじめて発売されたのは、その前年である。なお、昭和二十五年は、金閣寺焼失、朝鮮戦争勃発《ぼっぱつ》の年でもある。

『眠れる美女』


たちの悪いいたずらはなさらないで下さいませよ、眠っている女の子の口に指を入れようとなさったりすることもいけませんよ、と宿の女は江口老人に念を押した。

二階は江口が女と話している八畳と隣りの部屋の二間しかなく、下にも客間などなさそうで、宿とは言えまい。宿屋の看板は出していない。この秘密の家は、そんなものを出せぬだろう。家のなかは物音もしない。女は四十半ばぐらいの小柄で、声が若く、わざとのようにゆるやかなものいいだった。

「女の子を起こそうとなさらないで下さいませよ。どんなに起こそうとなさっても、決して目をさましませんから……。女の子は深あく眠っていて、なんにも知らないいんですわ。きれいな娘でございますよ。ごゆっくりおやすみ下さいませ。もし寝つきがお悪いようでしたら、枕《まくら》もとに眠り薬がおいてございます。」

夜おそくこの家に来たので、あたりの地形はわからないが、海の匂《にお》いはしていた。

波の音がする。凪は冬の近づく音である。宿の女は「安心出来るお客さま」と言ったが、江口にこの家を教えたのもそういう老人だった。もう男でなくなってしまった老人だ。しかし六十七歳になる江口老人は、女の言う「安心出来るお客さま」ではまだないが、そうであることは自分で出来た。

江口老人は隣室へ通じる杉戸をあけた。部屋の四方に深紅《しんく》のびろうどのかあてんが垂れめぐらせてあった。天井の明りは消せないらしかった。

娘は右の手首をかけぶとんから出して眠っていた。たしかに深い寝息にちがいない。思いがけなかった娘の美しさと若さに、老人は息をつめた。二十前ではなかろうか。江口老人の胸のなかに別の心臓が羽ばたくようだった。思いきって着がえをして、静かにはいった。娘はなにひとつ身につけていないようだった。握った手を放すと、そのままの形で下に落ちた。「まるで生きているようだ」とつぶやいた。と同時に、その言葉は気味悪いひびきを残した。眠らせられた娘はいのちの時間を停止してはいないまでも喪失して、底のない底に沈められているのではないか。もう男でなくなった老人に恥ずかしい思いをさせないための、生きたおもちゃにつくられている。いや、おもちゃではなく、そういう老人たちにとっては、いのちそのものなのかもしれない。

江口老人にここを紹介した木賀老人は、秘仏と寝るようで、そうしている時だけが、自分で生き生きしていられる、と言っていた。老いの絶望にたえられなくなると、その家へ行くのだとも言っていた。

ふっと赤んぼの匂いが鼻に来た。乳呑児《ちのみご》のあの乳くさい匂いである。江口老人には今も乳呑児の匂いのする孫がある。その孫の姿が浮かんで来た。三人の娘たちはそれぞれかたづいて、それぞれ孫を産んでいる。その匂いは江口自身を責めるように、ふっとよみがえって来たのだろうか。眠っている娘にふれたり、あらわにくまなく見たりもしたくなかった。江口は娘のどこにもふれぬようにして目をつぶった。

江口老人は目がさえて、寝つけそうになかった。枕もとの紙包みをひらき、一錠だけを口に入れると、水を多くして飲んだ。しばらくして悪夢で目がさめ、もう一錠の眠り薬を飲み、眠りの底に沈んで行った。

＊

それから半月ほどして、江口老人はふたたび「眠れる美女」の家の客になった。

江口はこれまで女とあのように清らかな夜を過ごしたことはないと感じたほどだったが、ふん、おれはまだ必ずしも安心出来るお客さまじゃないぞと、自分につぶやいた。この家に来るあわれな老人どものみにくいおとろえが、やがてもう江口老人にも幾年先《さ》きかに迫っている。計り知れぬ性の広さ、底知れぬ性の営みに、江口は六十七年の過去にはたしてどれほど触れたというのだろう。

娘は両方の手先きを出してふとんにのせていた。爪《つめ》を桃色に染めていた。口紅が濃かった。目のつぶりようからして、若い妖婦《ようふ》が眠っていると見えた。江口老人は前の娘にしたようにひかえめにしていられそうにはなかった。起きていようが眠っていようが、この娘はおのずから男を誘っていた。

老人は静かに身をちかづけた。娘はそれにこたえるのかしなやかにむきなおりながら、江口を抱くように手をのばした。娘はもちろん空寝しているわけでなく深い眠りに落ちている。老人はあしのうらで娘の脚をさぐってみた。

この家に来て侮辱や屈辱を受けた老人どもの復讐《ふくしゅう》を、江口は今、この眠らせられている女奴隷《どれい》の上に行うのだ。この家の禁制をやぶるのだ。二度とこの家に来られないのはわかっている。むしろ娘の目をさまさせるために江口はあらくあつかった。ところがしかし、たちまち、江口は明らかなきむすめのしるしにさえぎられた。

「あっ。」とさけんではなれた。息がみだれ動悸《どうき》が高まった。とっさにやめたことよりも、おどろきの方が大きいようだった。老人は目をつぶって自分をしずめた。若い男とちがってしずめるのはむずかしくなかった。娘はうつ伏せのおなじ姿でいた。嵐《あらし》の過ぎたあと、老人の娘にたいする感情、自分にたいする感情は変ってしまっていて、前にもどらなかった。惜しくはない。

江口はこのような若い妖婦にはだいっぱいにふれたことはなかった。ほとんど無心の恍惚《こうこつ》であった。今夜は眠り薬を二錠いちどきにのみ、娘に胸を合わせ、腰を引き寄せて、あたたかく眠った。

＊＊

江口老人が「眠れる美女」の家へ三度目に行ったのは、その八日後だった。

「今晩は、見習いの子で、お気にめさないかもしれませんが、御辛抱なさって下さい。なれない子ですから、お手やわらかに、どうぞ。」と宿の女は言った。その言葉通り、あどけない少女が眠っていた。「十六ぐらいかな。」と江口はつぶやいた。

眠らせられた娘のそばで自分も永久に眠ってしまうことを、ひそかにねがった老人もあっただろうか。娘の若いからだには老人の死の心を誘う、かなしいものがあるようだ。娘とおなじ薬を飲んで、自分も死んだように眠ってしまったらどうであろう。死んだように眠らされた娘とともに死んだように眠ることに、老人は誘惑を感じた。

若い女の無心な寝顔ほど美しいものはないと、江口老人はこの家で思うのだった。それはこの世のしあわせなぐさめであろうか。娘の小さな寝顔を真近にながめているだけで、自分の生涯の塵労《じんろう》もやわらかく消えるようだった。この思いで眠り薬を飲んで寝入ってしまうだけでも、めぐまれた一夜のさいわいにはちがいなかった。

老人はむかしこの娘より幼い娼婦《しょうふ》に会ったのを思い出した。客として人に招かれてあてがわれたその小娘は、薄くて細長い舌をつかったりした。町から太鼓や笛が心をはずますように聞えていた。

「お祭りに早く行きたいんだね。いいよ。」と江口は小娘の水っぽく冷めたい舌を避けた。「いいから、早くいっといで……。太鼓の鳴ってる神社だね。」

十四歳だというその娘は男にたいしてなんの羞恥《しゅうち》もなかった。身づくろいもそこそこに町の祭へいそいで出て行くだけだった。

小さい娘は口をあけ、幼なじみた舌をのぞかせて眠っている。老人は娘を抱きすくめた。娘は老人のからだにつつみこまれてしまいそうであった。突き出た腰骨が老人にごつごつあたった。江口老人は娘の下げ髪をやわらかくつかみながら、自分の過去の罪業《ざいごう》、背徳をざんげしようと気をしずめた。ところが心に浮かんで来るのは過去の女たちだった。

娘は安らかに眠りつづけていた。江口も一度はこのような深い眠りに沈みこんでみたくなった。寝床を静かに抜けると、娘とおなじ薬を無心するつもりで呼鈴を押してみたが、呼鈴はむなしく鳴りつづけるだけだった。

あくる朝、朝食の給仕をする女にそのことを話すと、
「それは禁制です。だいいち、御老人にはあぶのうございますよ。」

＊＊＊

「今夜の子はあたたかい子ですわ。こんなお寒い晩ですし、ちょうどよかったですわ。おあたたまりになって。」と宿の女は言って、下へおりて行った。

江口が密室の戸をあけると、いつもよりも女のあまい匂いが濃かった。少女のはなつ香気を不老長生のくすりとしようとした老人がむかしからあった。この娘のにおいはそんなにかぐわしいものではないかのようである。この娘のようなこいにおい、またなまぐさいにおいこそ、人間誕生のもとではないのか。みごもりやすそうな娘である。もしみごもったとしても、娘はまったくなんにもわからぬうちである。そういう子どもをこの世に一人残しておくのはどうであろうか。男を「魔界」にいざないゆくのは女体のようである。老人には死、若者には恋、死は一度、恋はいくたびかと、思いもかけないことをつぶやいた。その思いもかけないことが江口をしずめた。

江口老人は目をつぶった。庭の飛び石づたいの横の低い刈りこみに二羽の蝶《ちょう》がたわむれ、刈りこみの葉のなかからつぎつぎと蝶があらわれ、白い蝶のむれは白い花畑のように数を増して来た……。この白い胡蝶《こちょう》の幻は娘がそばにゆたかに白い胸をひろげ

ていてくれるからであろうか。この娘には老人の悪念を追いやってくれるなにかがあるのだろうか。江口老人は目をひらいた。広い胸の桃色のちいさいちくびをながめた。善良の象徴のようである。むねに片ほおをのせた。まぶたの裏があたたまってきそうである。老人はこの娘に自分のしるしを残したくなった。江口老人は娘の胸にいくつか血のいろのにじむあとかたをつけて、おののいた。

＊＊＊

正月が過ぎて、海荒れが真冬の音だった。

「こんな寒い夜に若い肌であたたまりながら頓死《とんし》したら、老人の極楽じゃないか。」

「いやなことおっしゃいますね。」

「老人は死の隣人さ。」

「なにかお聞きになったんですか。」

「うん、まあね。」この家で死んだ福良《ふくら》老人の葬式の新聞広告は、ただ「急死」と書いてあった。江口は葬儀場で木賀老人に会い、耳もとにささやかれて仔細《しさい》を知った。

「そう、そう、言いおくれましたが、今夜は二人おりますから。」

二つ寄せたとこの入口に近い方の娘は、電気毛布などという年寄りくさいものになれないのか、みずおちまでふとんをはねのけ、あおむけで両の腕を存分にひろげていた。ちちかさが大きく紫ずんで黒い。「いのちそのものかな。」と江口はつぶやいた。かけるものを胸の上まで引きあげ、寄りそった。娘は向き直ると、「ううん。」と両腕を突っ張った。老人はたわいなく押し出され、隣の娘のところへはいった。背を向けていた娘はこちらに身をよじった。顔の色はやや小麦色、胸は抜けるように白かった。老人はその白い娘に密着した。「ゆるしてもらうかな。自分の一生の最後の女として……。」うしろの黒い娘があおるようだ。老人の手はのびてさぐった。

六十七歳の江口にはもう女のからだはすべて似たものと思えば思える。この娘はうべないもこばみもこたえもないのだ。屍《しかばね》とちがうのはあたたかい血が、息がかよっているだけだ。やさしい娘のはだは江口にすいついていた。かたあしで娘のあしまでいっしょにかきよせた。江口はむしろおかしくなって力がぬけてしまった。

今夜も薬を飲んだ。二人の娘にはさまれて寝苦しいのか、江口老人は悪夢におそわれつづけた。いやな色情の夢であった。

「あっ？」

江口老人は目がさめた。首を振ったが、眠り薬でぼんやりしていた。黒い娘の方に寝がえりしていた。娘のからだは冷めたかった。老人はぞっとした。娘は息をしていない。心臓に手をあてると、鼓動がとまっていた。江口は飛び起き、指に力をこめて長いこと呼鈴を押した。階段に足音が聞えた。

「どうかなさいましたか。」とこの家の女がはいって来た。

「この子が死んでいる。」江口は歯の根が合わなかった。

「いったい、なにを飲ませたんだ。特異体質ということもある。」

「お客さまはあまり騒がないで下さい。決して御迷惑はおかけしませんから……。」

女ははだかの黒い娘を階下にはこび、白い錠剤を持ってあがって来た。

「はい。これでどうぞごゆっくりおやすみになって下さいませ。」

「そうか。」江口はかがやく美しさに横たわる白い娘をながめた。

黒い娘を運び出すらしい車の音が聞えて遠ざかった。

【編者からひとこと】

ペローの『眠れる森の美女』やグリムの『いばら姫』では、百年間眠りつづけた姫は、ちょうど折りよく訪れた若き王子の接吻《せっぷん》によって目をさまし、王子と結婚する。これは多分、血気盛んな若者の考える物語である。老人が考えるとどうなるか。姫の目をさまして、老醜をさらすようなことがあってはならない。老人と「眠れる美女」のどちらかが永遠の眠りにつくしかない。

コラム　川端康成《やすなり》の女性観にみる不思議

ノーベル賞作家、川端康成の女性観は実にユニーク。昭和五年に雑誌のインタビューにこう応えている（次ページの写真参照）。「妻はなしに妾《めかけ》と暮したいと思ひます。」「子供は産まず貰《もら》ひ子の方がいいと思ひます。」加えて「同居の女は、教養の低いのがいいと思ひます。」現代だったら、袋叩《ふくろだた》きに会いそうな発言である。が、しかし、川端は大まじめにいっているのだ。後に入籍したものの、夫人の秀子とは長く同棲《どうせい》していたし、子供は持たず、後に養女を迎えた。

好みの女性のタイプもはっきりしていた。肉感的で成熟した（母親的な）女性ではなく、少女の面影を残したモダンなタイプを好んだ。写真の秀子夫人がまさにそうである。歳《とし》も八歳離れていた。

三歳で両親と死別し、一五歳で孤児となった川端にとって、家族とは得体《えたい》の知れないものであったのだろうか。このインタビューでも「一切の親戚《しんせき》的なつきあひは御免蒙《こうむ》りたいと思ひます。」と応えている。川端は、常に自分自身を妻や家族のしがらみから離れた位置に置いておきたかったのかもしれない。女性観の是非はともかく、その哲学を終生貫いた川端の人生は見事といっていい。

■川端康成氏の家庭■

私の生活（3）

川端康成

希望

1、妻はなしに妾と暮したいと思ひます。
2、子供は産まず貰ひ子の方がいいと思ひます。
3、一切の親戚的なつきあひは御免蒙りたいと思ひます。
4、家は今の所、二階一間、下一間で用は足りますが、食べ物は贅澤で、同居の女は、教養の低いのがいいと思ひます。
5、自分の家は建てたくない代りに、月のうち十日は旅にゐたいと思ひます。
6、仕事は一切旅先でしたいと思ひます。
7、原稿料ではなく、印税で暮せるやうになりたいと思ひます。せめて月末には困らないやうに——。
8、風邪をひかず、胃腸が丈夫になりたいと思ひます。
9、いろんな動物を家一ぱいに飼ひたいと思ひます。
10、横になりさへすれば、いつでも眠れるやうになりたいと思ひます。

昭和五年『新文芸日記』に掲載された「私の生活（3）希望」
左より川端、秀子、秀子の妹・君子
（日本近代文学館提供）

齋藤 孝

【さいとう・たかし】

1960年静岡県生れ。東京大学法学部卒。同大学院教育学研究科博士課程を経て、明治大学文学部教授。専門は教育学、身体論、コミュニケーション技法。

声に出して読みたい川端康成

官能的な美文——川端康成《やすなり》

川端康成こそ日本語の美しさをもっとも際立《きわだ》たせる達人、という思いをずっと抱いてきた。物語の構成力という点ではもっとすごい作家もいるだろう。しかし、日本語が宝石のようにキラキラきらめく文章となると、川端先生は別格だ。ただきれいなだけじゃなく、ぬめぬめっとした艶《つや》やかさが文章にある。女性にたとえれば、ただ美しく整った美人というわけではない。どこか底の知れない官能的な魅力を持った女性の感じだ。押さえても押さえても匂《にお》い立つ不思議な色気。それが川端先生の文体にはある。

まずは青春の恋心を綴《つづ》った『伊豆《いず》の踊子《おどりこ》』から。晩年の川端ワールドとは味わいの違う、さわやかさが全編に漂っている。まずは冒頭。

道がつづら折りになって、いよいよ天城峠《あまぎとうげ》に近づいたと思う頃、雨脚《あまあし》が杉の密林《みつりん》を白く染《そ》めながら、すさまじい早さで麓《ふもと》から私を追って来た。

何気ない書き方のようだが、一瞬にして情景が浮かんでくる。それも目で見る視覚的な映像というだけでなく、伊豆の峠の空気感までが伝わってくる。

『CDブック　声に出して読みたい日本語』をつくったときに、平野啓子さんにこの一節を読んでいただいた。平野さんは「語り」のプロフェッショナルなので、言葉を聞いているだけでイメージが浮かびやすい。私はこの冒頭の急に雨が激しく降ってくる様子をより演出するために、アップテンポでたたみかけるように読んで欲しいとお願いした。その際、ヴィバルディの『四季』の中の夏の夕立の楽章をスタジオでかけてみた。私の中ではヴィバルディのこのカッコイイ次々にたたきつけてくるようなリズムの音楽と速い雨脚とがつながっていたからだ。音楽のアップテンポな感じを引き写す形で朗読してもらったところ、文章が歌のようになった。

文学作品には、譜面はついていない。しかし音読するためのテキストとしては、文章の上にアレグロ（快活な感じで速く）といった指示があってもおもしろい。クレッシェンドやデクレッシェンド、フェルマータといった音楽記号のようなものがうまく使われていたら、音読するときに楽しみが増す。文章がメロディを持ってくる。『伊豆の踊子』の場合は、主人公が男の学生なので、朗読するなら全体に若々しさが欲しい。この学生さんは、自分の性格が生い立ちのために拗《ねじ》けてしまっていることを気にしている。そしてそれを何とかするために旅に出た。性格が拗けていることを気にするあたりが、そもそも若い。あと二十年もすればそんなことも気にならなくなってしまう。自分に期待するところが大きいのが、若さというものだ。性格さえもまだ変わりうると信じられる。だからこそ、出会いが強烈な意味を持つ。

伊豆で出会った踊り子たちは、エリート大学生のような教養はなくとも、快活な人なつっこさと生活していくだけの世間知というものを持っていた。そのたしかな手《て》応《ごた》えのする心と熱気を発散する若々しい体が、学生さんの心を癒《いや》していく。娘たちから「いい人ね」と言われると、本当に自分がいい人のように思えてくる。

「いい人ね」
「それはそう、いい人らしい」
「ほんとにいい人ね。いい人はいいね」

『伊豆の踊子』はほんの短い作品だ。しかし読み終わると自分も旅を一つしたかのような気分になる。文章が流れるようなので読みやすい。それでいて密度の高い文章なので、ほんと短い作品なのに一つの経験になる。

次は、『雪国』。

国境の長いトンネルを抜けると雪国であった。夜の底が白くなった。信号所《しんごうじょ》に汽車が止まった。

向側《むかいがわ》の座席から娘が立って来て、島村の前のガラス窓を落《おと》した。雪の冷気《れいき》が流れこんだ。娘は窓いっぱいに乗り出して、遠くに叫ぶように、

「駅長さあん、駅長さあん。」

明《あか》りをさげてゆっくり雪を踏んで来た男は、襟巻《えりまき》で鼻の上まで包み、耳に帽子の毛皮を垂れていた。

もうそんな寒さかと島村は外を眺《なが》めると、鉄道の官舎らしいバラックが山裾《やますそ》に寒々《さむざむ》と散らばっているだけで、雪の色はそこまで行かぬうちに闇《やみ》に呑《の》まれていた。

日本文学史上の傑作とされるこの作品だが、私はそのすごさを金田一春彦さんの分析によって知った。その分析は、『雪国』の冒頭を英文訳と比較したものだった。「雪国」と「スノウ　カントリー」とではどれだけニュアンスが違うか。といったことから、何気ない文章の運びが、日本語ならではの絶妙さに満ちていることを、英語の訳文との比較ではっきりと理解できた。英文は決して悪い訳ではなかったのだが、何か肝心な作品の生命というものが抜け落ちてしまっていた。その抜け落ちたところに、日本語の精髄がある。その精髄を私はほとんど取り逃がして読んでいたことに、この金田一さんの文章を読むことで思い至った。

作品冒頭の駅長と葉子との短い会話は、情感がこもっている上に美しい。

「駅長さん、私です、御機嫌《ごきげん》よろしゅうございます。」
「ああ、葉子さんじゃないか。お帰りかい。また寒くなったよ。」
「弟が今度こちらに勤《つと》めさせていただいておりますのですってね。

お世話様ですわ。」

「こんなところ、今に寂しくて参るだろうよ。若いのに可哀想《かわいそう》だな。」

「ほんの子供ですから、駅長さんからよく教えてやっていただいて、よろしくお願いいたしますわ。」


ふっと読み飛ばしてしまいそうな会話だが、こんな言葉遣《づか》いをする女の人が現実にいたならば、ほとんどの男が参ってしまうだろう。いかにもありそうな話し言葉のようだが、実際にそのように話す人はほとんどいない。ここに川端マジックがある。

川端先生の魅力は、美しさだけではない。こんなきれいな文章の合間合間に、そんなことまで言っちゃっていいの、と思えるほどのエッチさを忍び込ませる。しかもそれがエッチなどというかわいいものではない。生臭さの一歩手前のぬめぬめした肉感があふれ出ている。大人のいやらしさが満喫できる。たとえば雪の列車に乗った島村が列車の中で芸者の駒子《こまこ》を思い出す場面はこうだ。

もう三時間も前のこと、島村は退屈《たいくつ》まぎれに左手の人差指《ひとさしゆび》をいろいろに動かして眺《なが》めては、結局この指だけが、これから会いに行く女をなまなましく覚えている、はっきり思い出そうとあせればあせるほど、つかみどころなくぼやけてゆく記憶の頼りなさのうちに、この指だけは女の触感で今も濡《ぬ》れていて、自分を遠くの女へ引き寄せるかのようだと、不思議に思いながら、鼻につけて匂《にお》いを嗅《か》いでみたりしていたが、ふとその指で窓ガラスに線を引くと、そこに女の片眼《かため》がはっきり浮き出たのだった。

いやあ、これは子どもの読むものじゃありませんね。頭ではなく、指が覚えている。視覚的なイメージよりも、肉体の触感の方が強く残る。川端先生の世界は、いつも触感にあふれている。しかもこの人差し指が濡れた感覚を残しているように、湿度が高い。

川端は、女性の唇を表現するのに蛭《ひる》のようだと書く。唇が蛭だと言われればとても気持ちが悪くてイメージするのも嫌になりそうだが、言われてみると血を吸った蛭のぬらりとふくらんだ艶《つや》やかさが、いかにも官能的な女性の唇の表現としてぴったりしているようにも思えてくる。一度これを読んでしまうと、蛭のような濡れた怪しい輝きを放つ唇を探すようになってしまう。たった一文で、悪の呪《のろ》いをかけられたようなものだ。下品になる寸前のところで止める「寸止め」の技術が見事だ。

濡れたしっとりとした質感を味わわなければ、川端ワールドに入ったとは言えない。そもそも『雪国』は湿度が高い。しっとりとした空気で女性の肌も白く艶やかに保つ。お肌には湿度が大切なのだ。この艶やかな日本人好みの肌の感覚が、川端作品にはあふれている。顔黒《ガングロ》のぱさついた肌とは対極の世界だ。

ところで私は川端先生には謝らなければならないことがある。もう亡《な》くなってしまっているのでどうしようもないのだが、『雪国』を名古屋弁でやるという暴挙に出てしまったのだ。日本の中の独立国とも言われる名古屋の強烈な方言で、日本の情緒最高峰の作品をやったらどうなるか。この思いつきにはまってしまったのだ。名古屋弁の強烈な破壊力によって、『雪国』の持つそこはかとない情感あふれる世界の空気はすべて消し飛ぶのでないか。まったく意味内容は変えていないのに、香りが消し飛んでしまう。そんな期待は、見事に当たった。まずは島村と駒子の緊張感あふれる心理のやりとりを描いた原文を見てみよう。


　島村がしばらくしてぽつりと言った。

「君はいい子だね。」

「どうして？　どこがいいの。」

「いい子だよ。」

「そう？　いやな人ね。なにを言ってるの。しっかりして頂戴《ちょうだい》。」

と、駒子はそっぽを向いて島村を揺すぶりながら、切れ切れに叩《たた》くように言うと、じっと黙っていた。

　そして一人で含《ふく》み笑いして、

「よくないわ。つらいから帰って頂戴《ちょうだい》。もう着る着物がないの。あんたのとこへ来る度《たび》に、お座《ざ》敷着《しきぎ》を変えたいけれど、すっかり種切《たねぎ》れで、これお友達の借着《かりぎ》なのよ。悪い子でしょう?」

島村は言葉も出なかった。

「そんなの、どこがいい子?」と、駒子は少し声を潤《うる》ませて、「初めて会った時、あんたなんていやな人だろうと思ったわ。あんな失礼なことを言う人ないわ。ほんとうにいやあな気がした。」

島村はうなずいた。

「あら。それを私今まで黙《だま》ってたの、分《わか》る? 女にこんなこと言わせるようになったらおしまいじゃないの。」


これが名古屋弁になるとこうなる。

島村はちょこっとたってから、ぽつーんと言った。

「あんたはええ子だねー。」

「なんで？　どこがええの。」

「ええ子だがね。」

「ほーけゃあ？　いやな人だね。なに言っとるの。しっかりしてちょーで。」と、駒子はそっぽを向いて島村を揺らかしながら、切れ切れに叩《たた》くように言うと、じーっと黙っとった。

ほんで一人で含み笑して、

「いかんわ。つれゃあで帰ってちょ。まあ着る着物があれせんのだわ。あんたんとこへ来るたーんびに、お座敷着《ざしきぎ》を変えてゃあんだけど、つるっと種《たね》が切れてまって、これも友達からの借着《かりぎ》なんだわ。わるい子でしょー？」

島村は言葉も出せーせなんだ。

「そんなのによー、どこがええ子なのー?」と、駒子はちょびっと声を潤《うる》ませて、

「初めて会った時、あんたのこと、どえれゃあいやな人だ思ったんだわ。あんなに失礼なこと言う人、おれせんよー。ほんと、いやな気がしとったんだわ。」

島村はうなずいた。

「なにー。それを私、今まで黙《だま》っとったの、分《わか》っとる? 女にこんなこと言わせるようになってまったら、おしめゃあだわ。」

(『〔CDブック〕 声に出して読みたい方言』)


あの駒子が「ほーけゃあ?」じゃ、まるで別人だ。川端ワールドはすっかり名古屋ワールドに変わってしまっている。名古屋弁のすごいところは、ただ破壊するだけで

はなく、独立した世界を新たに作ってしまうところだ。というわけで、文学の繊細さが改めて認識できたことと思う。

次は私の大好きな『山《やま》の音《おと》』。派手な筋立ての作品ではない。主人公の尾形信吾《おがたしんご》は初老の男性で、深夜裏山で得体の知れない音を聞く。その山の音が信吾にとっては死期を告知する不気味な音として聞こえる。日本古来の哀《かな》しみが、この『山の音』に凝縮されている。

私が十代の終わりにこの作品にはまったのは、信吾の死の不安に共感したからではない。もう一人の主人公、若いお嫁さんの菊子《きくこ》の可憐《かれん》さと上品さに魅了されたためだ。菊子は美人で慎ましやかな常識をわきまえた女性だが、夫は浮気をしている。それを菊子も信吾も知っている。信吾は菊子を哀れに思い、申し訳なさを感じている。二人の間には気持ちが通い合う糸が張られている。それがさりげない会話から感じ取られる。

たとえばこんな会話だ。

「公孫樹《いちょう》がまた芽を出してますわ。」

「菊子《きくこ》は今はじめて気がついたのか。」と信吾《しんご》は言った。

「わたしはこのあいだから見ていた。」

「お父さまはいつも公孫樹《いちょう》の方を向いて、お坐《すわ》りになってるんですもの。」

信吾《しんご》に横を見せて坐《すわ》った菊子《きくこ》は、首をうしろの公孫樹《いちょう》の方へ廻《まわ》していた。


ね、きれいな言葉遣いでしょう。こんな話し方をする人とつきあってみたい、と青年の私は思ったのでありました。信吾は菊子と過ごす時間を楽しみにしている。公孫樹が時ならぬ芽を出しているのに気がつかなかった菊子の心には空白があるように思い、信吾は気になる。公孫樹の芽に気がつかないからといって心に何かあると考えるのは考え過ぎとも思えるが、信吾はそこまで菊子の心に寄り添おうとしている。

「雨戸《あまど》をあけたり、廊下《ろうか》を掃《は》き出したりする時にだって、目につきそうなものじゃないか。……………いやでも見える。菊子《きくこ》はいつも下《した》うつ向《む》いて、ぼんやり考えごとしながら歩いてるのか。」

「あら、困った。」と菊子《きくこ》は肩を動かした。

「これからは、お父さまの御覧《ごらん》になるものは、なんでも見ておくようにに気をつけますわ。」

信吾《しんご》には少し悲しげに聞えた。

「そうはいかないよ。」

自分の見るものをなんでも相手に見ておいてほしい、そのような恋人を、信吾《しんご》は生涯《しょうがい》に持ったことはなかった。

こんな女性、今の日本に現存するんでしょうか。日本の家制度がお嫁さんを抑圧していた時代にしかあり得なかったタイプだろう。しかし似たような感じの女性はかっていたとしても、これほどまでに完成されたしっとりと艶《つや》やかな日本語を話す女性は現実には存在しなかっただろう。川端康成の造形によるものだ。

日本の女性の言葉は、近年激しく粗雑になった。私が小学校の頃は、女の子たちはごく普通に丁寧な女の子言葉を使っていた。「女の子言葉」ということに対してはフェミニズム的立場から批判があるだろうが、文化というものは何でも同じにしてしまえばつまらなくなるものだ。今の女子高生の一般的な言葉遣いを価値あるものとするのには無理がある。聞いていて殺伐たる気持ちになる。

最近も「むかついたから」と言って男性を刺した女子高生二人組がいた。これではあんまりだ。『ムカックからだ』(新潮文庫)で書いたが、「ムカツク」という言葉を連発していると心の襞《ひだ》がなくなってくる。感情の細やかさがなくなり、攻撃的で殺伐とした感情になる。二十四色の絵の具をすべて混ぜれば黒灰色になる。川端康成の作品に出てくる女性は数百種類の色を繊細に分けた言葉を使う。それがムカツクとかウザイという言葉は繊細になりうる感情を黒灰色一色にしてしまう。佐世保の女子小学生が同級生を殺害した事件でも、加害者の児童は「うぜー」という言葉をホームページ上で使っていた。言葉は心を作りもするし、壊しもする。「ムカツク」とか「ウザイ」と叫んで人を刺してしまわないように、菊子のセリフを音読したい。

信吾は菊子に別居を勧める。そのときの菊子の言葉はこうだ。

「いいえ。私でしたら、お父さまにやさしくしていただいて、いっしょにいたいんですの。お父さまのそばを離れるのは、どんなに心《こころ》細《ぼそ》いかしれませんわ。」
「やさしいことを言ってくれるね。」
「あら。私がお父さまにあまえているんですもの。私は末っ子のあまったれで、実家でも父に可愛《かわい》がられていたせいですか、お父さまといるのが、好きなんですわ。」

なおも信吾が、息子の修一が浮気をやめないのだから別居した方がいいのではないかと言うとこう答える。

「いいえ。お父さまがなにもおっしゃらないでも、私のことを案じて、いたわって下さるのが、よく分りますわ。私はそれにすがって、こうしていられるんですもの。」
菊子《きくこ》は大きい目に、涙をためた。
「別居《べっきょ》させられるのは、恐ろしい気がしますわ。一人でとてもじっとうちに待っていられませんわ。さびしくて、かなしくて、こわくて。」

まあこんな可憐なタイプばかりがいいとは限らないが、こうした言葉遣《づか》いは残っていてもいい。ダイエットやファッションやお化粧にかける膨大《ぼうだい》な情熱の二割でも言葉遣いに割いたならば、対男性効果は劇的に変化するのではないだろうか。女性が男性の言葉に弱いように、男性も女らしい言葉には弱いものだ。プチ整形をするリスクを冒すくらいなら、言葉遣いを川端先生に学んでみよう。大きなお世話かも知れないが、『山の音』を読んでいるとそんな気にもなってくる。

このほかに私の好きな川端作品としては次のようなものがある。『千羽鶴《せんばづる》』はなまめかしい美の世界が志野茶碗《ぢやわん》を中心にして展開される作品だ。茶道という道具立て以上に、人と人の心のやりとりが日本的なるものを表現している。『みずうみ』は美しい女を見ると跡をつけてしまうストーカー癖《へき》のある男の話。怪しい夢を見るような小説だ。『眠れる美女』はもっとすごい。浜辺の宿に若い女が裸で眠らされている。男性機能を失った老人たちがそこに集まり、みずみずしい娘の肉体を凝視《ぎょうし》する。もうはっきり「変態」と呼んで差し支《つか》えない世界に入っている。同じ文庫本に入っている「片腕」という作品は、娘の右腕を借りていくという話だ。趣味に合わない人もいるかも知れないが、私は個人的にはこの種の川端のデカダンス（退廃）的な作品は好みだ。

長いものがどうしても苦手という人は、『掌《てのひら》の小説』からいくつかを読むのも一手だ。『日向《ひなた》』や『火に行く彼女』、『有難う』といった作品はほんの五ページ以内の短いものだが、一度読んだら強烈に心に残る。日本の生んだ言葉のお宝を是非堪能《たんのう》してほしい。

（引用文中の………は中略）

映画に見る川端康成①——伊豆《いず》の踊子《おどりこ》

もっとも踊子らしいといわれた山口百恵。
（DVD東芝EMI　山口百恵主演映画大全集1より）

川端康成は、新感覚派の作家としてスタートし、映画にも深い興味を持っていた。大正一五年、衣笠貞之助《きぬがさていのすけ》の呼びかけで、横光利一《よこみついち》、岸田国士《くにお》とともに、新感覚派映画聯盟《れんめい》を作り、『狂つた一頁《ページ》』という前衛的なシナリオを書いている。川端の作品に映画的な技法が見られることはしばしば指摘されるところだが、実際、よく映画化された。その代表作が、『伊豆の踊子』だろう。これまでに六回。しかも、踊子の薫《かおる》役は、すべて当時のアイドルばかりである。

最初の映画化は、一九三三（昭和八）年。監督は五所平之助、ヒロイン薫は田中絹代。これだけが無声映画である。92

田中絹代の薫、「私」は大日方傳。無声映画だった。
（松竹提供）

ページのスチールからも想像できるように、堂々たる新派メロドラマで、旅芸人の世界から足を洗うようにという、教訓的なストーリー展開に仕上がっている。二作目は、一九五四（昭和二九）年。監督は野村芳太《よした》郎《ろう》、主演は美空ひばり。踊子・薫の縁談話をからめ、〝天才少女〟から年相応の娘へという、ひばりのイメージチェンジに貢献した作品だった。三作目は、一九六〇（昭和三五）年。監督は川頭《かわず》義郎《よしろう》、脚本を作家の田中澄江が担当し、主演は日独ハーフの鰐淵晴子《わにぶちはるこ》。鰐淵晴子のエキゾチックな美少女ぶりと薫役とのギャップに異和感ののこる作品であった。

映画は撮影された時代も如実《にょじつ》に反映する。一九六三（昭和三八）年に制作された四作目（西河克己《にしかわかつみ》監督）の主演は吉永小百合《さゆり》。

少女から娘へ。ひばりのイメチェンに貢献。
（松竹提供）

バタくさい薫（鰐淵晴子）と超ハンサムな「私」（津川雅彦）。
（松竹提供）

ここでは戦後の復興を背景に、実に健康的な薫を吉永小百合が演じている。五作目は、一九六七（昭和四二）年。監督は恩地日出夫《おんちひでお》、主演は内藤洋子。自分の髪で結い上げた内藤洋子の薫は可憐《かれん》で、高度成長時代の肯定的ムードをバックにした青春ドラマ仕立てであった。ちなみにこの作品は武満徹《たけみつとおる》の主題曲のほうが今ではむしろ有名である。そうして一九七四（昭和四九）年の六作目は、再び西河克己がメガホンを取り、薫に扮《ふん》するのは山口百恵《ももえ》である。相手役の「私」は、一万人から選ばれた新人・三浦友和が抜擢《ばってき》され、二人が出会うきっかけとなった作品としても知られる。第一次オイルショック後に制作されたこの作品は、時代の厭世《えんせい》ムードを反映したのか、旅芸人一座の踊子である薫の境遇が淡々と描かれ、最も新しい作品であるにもかかわらず、山口百恵は歴代の薫役のなかでももっとも踊子らしい女優として記憶されることになるのである。

こうして若手トップスターの登竜門として時代ごとに制作されてきた『伊豆の踊子』だが、テレビでも度々ドラマ化されており、小田茜《あかね》、萩原聖人《はぎわらまさと》、後藤久美子が主演したTBS版（一九九二年）に、キムタク（木村拓哉《たくや》）が「私」を演じたテレビ東京版（恩地日出夫監督、一九九三年）や、モーニング娘。のゴマキ（後藤真希）が薫を演じたTBS版（二〇〇二年）があることもここに付け加えておく。

ひたむきで健康的な薫（吉永小百合）と「私」（高橋秀樹）。
（©日活）

可憐な薫（内藤洋子）と「私」（黒沢年男）。青春ドラマ編。
（©東宝）

幸福な日本の作家

石田衣良

いしだいら 一九六〇年東京都生れ。『4TEEN』で直木賞を受賞。著書に『池袋ウエストゲートパーク』『約束』など。

困ってしまった。

ぼくは川端康成《やすなり》が好きだけれど、全集をそろえすべて読んでいるというわけではない。主要作のなかにも読み残しがあるかもしれない。だが、この解説の目的は若い読者に川端を読んでもらうことだという。それでは、断ることができないではないか。正直いって、新作を発表していない現役作家以外の作品は、現在の出版状況下ではつぎつぎと絶版になっているのだ。近代文学の古典も例外ではない。新感覚派の一方の雄で、川端の盟友だった横光利一《よこみつりいち》でさえそうなのだ。文庫で主要な作品がほぼそろう川端は、幸福な作家なのである。

だが、その作家の幸福がいつまで続くかは誰にもわからない。

川端とぼくの出会いは、大学生のころだった。お決まりの『伊豆《いず》の踊子《おどりこ》』と『雪国』を読んだのである。『踊子』にはピンとこなかったが、『雪国』はおもしろかった。それでも他の作品を読みたいと思わせるほどではなかったけれど。それから十年以上、ぼくは川端を敬して遠ざけることになる。

状況が一変したのは、三十代なかばをすぎて作家になってからだ。『娼年《しょうねん》』という学生娼夫《しょうふ》の物語の構想を練っていたころ、参考になる小説はないかと読み漁《あさ》ったのである。そのなかに川端の『眠れる美女』があった。今度は一撃で打ち倒された。

文章の見事さ、感覚表現の冴《さ》え、デカダンスを突き抜け黒々と澄んだロマンティシズム。ぼくは傍線を引きながら読む癖があるのだが、この小説はほとんど全ページが青いインクで汚れたのである。

結局『娼年』は『眠れる美女』の設定を裏返した作品になった。性を売る側と買う側、大学生の青年と六十代後半の老人、性的な能動性と睡眠薬によってあらかじめ禁じられた不能性。『娼年』は小説を書くよろこびにたっぷりと溺《おぼ》れることのできた作品になった。

これを筆頭に、ぼくは川端の作品にインスパイアされた小説を長短四篇書いている。川端の「片腕」へのオマージュになった「片脚《かたあし》」「左手」。『掌《てのひら》の小説』のなかの「有難う」は、作品の前半と後半の対称性やありがとうという短い言葉の繰り返しのリズムでクライマックスを構成する方法など、細かな技法を移し変えながら「ありがとう」というまるで異なるテイストの短篇になった。川端はぼくにとって小説を書くうえで、最も有効な先達なのだ。こうして解説を書くのは、困ったと同時にとてもうれしいことなのである。

ある作家が世にでた方法と作品の重要性は誰もが納得することだろう。川端の場合それは一九二九〜三〇年に朝日新聞に連載された『浅草 紅団《くれないだん》』である。当時最先端の街だった「エロチシズムと、ナンセンスと、スピイドと、時事漫画風なユウモアと、ジャズ・ソングと、女の足」の浅草を、不良集団「紅団」の首領・弓子（『池袋ウエストゲートパーク』にでてくるGボーイズのキング・タカシ！）に案内され、「私」

が探訪するエッジの立ったルポルタージュ風の都市小説である。

それまで文壇の一部で将来有望と目されていた川端が、一気に社会的にブレイクし流行作家の一員になるきっかけとなったベストセラーだ。これ以降三十代の十年間を、川端は戦前の日本に送った。太平洋戦争のまえに作家としての基礎を固めていたということは、川端を考える際大切なことである。

『浅草紅団』のなかには紅団だけでなく、赤帯会など、七十年以上まえのカラーギャング（？）が登場する。弓子は亜砒《あひ》酸の錠剤を口にふくみ、姉の復讐《ふくしゅう》のために口移しに男に毒薬をのませたりするのだ。

ぼくは自作とこの作品の共通点をよろこんでいるだけではない。川端は場の作家だったといいたいのである。ヒット作『浅草紅団』だけでなく、『雪国』『伊豆の踊子』と、背景となる土地が登場人物と同じ比重であつかわれた作品が多いのだ。伊豆湯ヶ島で始まった旅は、浅草、鎌倉《かまくら》を経由して、途中越後湯沢《えちごゆざわ》に寄り道しながら、最後は『古都』の京都で終わったのである。

流行の先端から、近代化以前の日本の原風景を経て、ついに日本の伝統に回帰した。

この場の変化は、西洋モダニズムにも造詣《ぞうけい》が深く、意識の流れの技法を日本でもっとも滑らかにつかいこなした川端が、日本の伝統的な美意識へと回帰していく変遷《へんせん》とぴたりと重なるのだ。

だが、ここで白状してしまうとぼくは川端のノーベル文学賞記念講演『美しい日本の私』をあまり信用していないのだ。川端は異常なほどの感覚の切れ味をもってはいたが、論理は苦手だった。あわてて書いたあの講演を、題名のあざとさとわかりやすさに足を取られて、全作品を見る際のフィルターとして使用するという単純な思いこみが嫌なのだ。そう簡単にわかられてたまるかと、泉下の作家はあの猛禽《もうきん》の目をむいて嗤《わら》っているのではないか。

試しに大型書店で文芸評論のコーナーをいくつかのぞいてみると、夏目漱石《そうせき》どころか、若い友人だった三島由紀夫にさえ、川端は評論の数で遠くおよばない。それは川端の作品が分析の刃をやわらかにこばむ性質をもっているからなのだろう。

語りにくい作家であり、作品なのだ。天性の感覚の鋭さで、自由連想のようにつぎつぎとつながれていく場面。だが、美しさの極みのような作品のなかに、倫理や西洋的なドラマツルギーといった不純物がはいりこむ余地はない。それこそ美しい「あいまい」さなのだ。

文芸評論がふるう分析力は、爆弾に似ている。ステンドグラスに爆薬をしかけ、粉粉に破壊する。そのかけらを拾い集め素材と構造を分析しても、ステンドグラスを輝かせていた、もっとも大切な生命である「美」を再現することはできない。

川端の作品は分析を拒否し、これからも空高く不思議な光りを漏らし続けるだろう。

スウェーデン王立アカデミーは、ノーベル賞の授賞理由を「すぐれた感受性をもって日本人の心の本質を表現する円熟した物語」にあるとした。ぼくは日本人の本質を川端が表現したとは思わない。一国の精神の本質を表現したというには、あまりに特殊で、個別的な作品だと感じるのだ。

ぼくが好きな川端の作品は、やはり晩年にかたよっている。『眠れる美女』『みずうみ』『千羽鶴《せんばづる》』『山の音《おと》』そして『掌の小説』。どれも戦後の中年期以降の作品で、やはり作家は年を重ね、成熟しなければいけないと強く感じさせるものばかりだ。

一般的には川端康成というと、『雪国』とノーベル賞のふたつを連想し、神棚に祀《まつ》りあげてお仕舞いという感がある。あるいはあの写真の印象から、抜き身の目をした日本の伝統文化の体現者というイメージだろうか。

だが、川端の創作のおもな舞台は、月々発行される文芸雑誌だった。そこは芸術至上主義が通用するような現場ではないのだ。締切に追われるように短篇を書き飛ばす自分を、川端はこう自嘲《じちょう》している。

「私が第一行を起すのは絶体絶命のあきらめの果てである。」（『文学的自叙伝』）

「婦人画報」に連載された『川のある下町の話』では、章タイトルを「美男コンクウル」「ガラスの中の美少女」などとつけてもいる。川端は文学作品ばかりでなく、たくさんの「中間小説」も書いているのだ。

文壇を支える柱のひとりとして、時代の制約のなかでもがくように書き、ときに睡眠薬中毒に悩み、それでもあれだけの仕事を仕上げた。それが世界の多くの人々から、日本文化の精髄を表現したと高く評価される。

ぼくたちにとって、問題はいつも環境ではないのだろう。それを乗り越える個の才能と努力こそ、環境よりも遥《はる》かに強いもので、その点において川端康成には一点の曇りも傷もなかったのである。

伊豆踊子歩道を歩こう

「伊豆の踊子」を実際に歩いてみよう。
浄蓮ノ滝から河津七滝まで約5時間。
自然に恵まれた旅情あふれるコースだ。
健脚向きだが、バスに乗ることも出来る。

寒天橋
滝あり 杉林あり
風光明媚
平滑の滝（休憩所あり）
周辺 ワサビ田がつづく
旧下田街道
河津七滝
宗太郎杉並木
釜滝
エビ滝
蛇滝
初景滝
（滝の前に「踊子と私」
の像がある）
カニ滝
出合滝
大滝
河津川
河津七滝ループ橋
湯ヶ野
河津町営
共同浴場
踊子が裸で
飛び出した
浴場
※ 要注意 釜滝まで
260段の急な石段あり
滝は「タル」と発音
七滝には大蛇退治の伝説がある
伊豆の踊子文学碑
福田家
「私」が泊まった宿
GOAL
伊東
修善寺
伊豆高原
湯ヶ島
熱川
天城峠
河津
湯ヶ野
下田
miho.

美の信仰者

角田光代

かくたみつよ　一九六七年神奈川県生れ。『空中庭園』で婦人公論文芸賞。著書に『キッドナップ・ツアー』『愛がなんだ』など。

高校一年生のとき、「伊豆《いず》の踊子《おどりこ》」の感想文を書かされた。「まったくつまらない」と私は書いた。まったくつまらないと思える引用箇所も覚えている。自分について踊子たちが噂《うわさ》するのを、主人公が聞いている場面である。

「いい人ね」
「それはそう、いい人らしい」
「ほんとにいい人ね、いい人はいいね」

この会話の退屈さといったらない、と書いた。私たちの暮らす今の時代に、こんな無意味でのんきなことを言い合っている人なんかまずいない、だから現実味がもてない、これが名作であるといわれているのは、こういう会話がごくふつうに成り立つような時代においてのことだろう、と書いた。感想文のことをよく覚えているのは、ぷりぷり怒りながら書いたからである。感想文を書かせるなら感想文を書きたいと思えるようなものを読ませるべきだと、そんな気分をこめて書いたのだった。

以来、私は川端康成《やすなり》に近づかなかった。「まったくつまらない」作家なんだろうと思っていた。

つまらないのは「伊豆の踊子」ではなく私自身であった、と気づくのは、感想文から十五年後の、スリランカである。

休暇でスリランカを訪れる直前、編集者が川端康成の文庫本をくれた。「みずうみ」である。それを持って旅立った。

旅に文庫本は必須《ひっす》である。とくに私の旅はたいていひとりで、時間が膨大にあるから、持っていった本はまるでともに旅する仲間のような存在である。その本が自分に（もしくは旅した場所に）合わないと、わりあい悲惨なことになる。膨大な時間、ひとりぼっちで取り残されたような、心許《こころもと》なさと退屈と孤独とが入り交じったような気分を、ずっと引きずることになる。

キャンディにある古びたホテルで風邪をひき、一日じゅう、ベッドに寝転がって川端康成を読んだ。ある一節で、はっとした。頭から氷水をぶっかけられたくらい、はっとした。読み出してすぐのことである。

「湯女《ゆな》の肌のつやがあまり近くて、銀平はまぶたを閉じた。大工の使うような釘箱《くぎ》にこまかい釘のいっぱいはいっているのが、目のなかに見えた。釘はみな鋭く光っていた。銀平は目をあいて、天井をながめた。白く塗ってあった。」

釘、というのはこの小説になんの関係もない。比喩《ひゆ》でもないし伏線でもない。唐突にその光景が出てきて、すっと消えるのみである。しかしこのくだりを読むと、まだ物語は何もはじまってはいないのに、美しい女のあとをつける癖を持つ元高校教師、銀平の、シンプルではない過去も、不穏な未来も、トルコ風呂《ぶろ》にいきなり入っていった現在の心持ちも、一瞬にして理解できる。そして見たこともないトルコ風呂と呼ばれた場所の、湿度や温度、窓からさしこむ光の具合やタイルの感触を、ありありと体験してしまう。読み手はおそらく、物語を読んでいるあいだじゅう、釘箱のなかで鋭く光る釘、という一瞬の光景を幾度も幾度も、フラッシュバックのように感じるはずである。

映像ではときおりこういうシーンがある。物語とまるで関係のないイメージのような映像が一瞬差し挟まれることによって、不気味さや緊張感が増す。そうして川端康成は、映像よりも確かに、映像よりも美しく、映像よりも強烈に、その光景を読み手の内側にねじこんでくる。あんなに短い言葉の連なりで。

この小説を読んでいるあいだじゅう、キャンディのホテルはキャンディではなかった。銀平が見知らぬ女の子のあとをつけていくように、私も息をひそめて銀平のあとを歩いた。得体の知れない、へんに奥行きのないその茫洋《ぼうよう》とした場所は、銀平や久子のいる物語の片隅だった。

結果的にいえば「みずうみ」はその旅にとてもよく合った。じつに優秀な旅の友だった。旅のあいだ、遺跡の町でも、旧正月の閑散とした町でも、にぎやかな繁華街でも、幾度もくりかえし読んだ。そうして気づいたことがある。昭和三十年に刊行されたこの小説は、古くさいところがちっともない。浮浪者と安飲み屋であふれる上野の地下道は、貧しい時代の東京ではなく、今もってどこかにある街角である。この小説が最後まで一貫して放つ、時代と場所を限定しない新しさは、先に挙げた釘の描写によるのではないかと私は思った。

この作家は、高校生のとき私が「まったくつまらない」と決めつけたのと同じ人なんだろうか？ そう思って、旅から帰って「伊豆の踊子」を読み返した。高校生の私が書いたようになんでもない話ではある。事件はないし、衝撃的なできごともない。しかし、件《くだん》の会話をもって、なぜ無意味でのんきだなどと言い切れたのか、我ながら不思議だった。「感情の傾きをぽいと幼く投げ出して見せた」この会話こそが、主人公の大学生と踊子たちのどうしようもない隔たりなのだし、その隔たりから独特の美しさが生じているのに。

しかし高校に上がったばかりの私が「まったくつまらない」と言うのも無理がない、と一方では納得もする。自分が幼いのだから「感情の傾きをぽいと幼く投げ出して」なんて言われたってなんのことかわかるはずがない。夜更《よふ》けの五目並べや三味線の練習や短く交わされる会話が、「孤児根性で歪《ゆが》んでいる」学生と旅芸人たちの距離を少しずつ埋めていく、その静かながら濃密な時間の流れを、学校と家が世界のすべてである私にわかるわけがなかった。

大人にならないと川端康成を読むことはできない。成熟という意味ではない。この世界には醜悪なことや煩雑なことや、絶望や不安や妬《ねた》みや諦《あきら》めや、そんなものが渦巻いている、というそのことを、もしくはその気配を、脳味噌《のうみそ》でなく体で知らないと、彼

いる子どもは、だから「まったくつまらない」しか感じなくともしょうがないのである。の小説は読めない。学校という、できるかぎりそうしたものを隔離した囲いのなかに

川端康成という作家は、美というものを神さまのように信じ、崇《あが》めた人なのではないかと私は思っている。世界のどこかに絶対的な美があって、私たちはそれを手に入れるどころか、触れることすら叶《かな》わない。空を見上げその向こうに見えない神さまを思い描き、自分の卑小さや罪深さを思い知って深くうなだれる。そんなふうに。神はちいさなところに宿る。敬虔《けいけん》な信仰者は、物乞《ご》いや老人やうち捨てられた景色に神を見る。

川端康成にとっての美もまた、この世のさまざまなところにその片鱗《へんりん》をちらつかせる。それは若い女の肉体に、茶器に、純真無垢《むく》な心に、情に、奇跡のような人との関わりに、一瞬の光景に、しるしのようにあらわれる。そのしるしの前にこの作家はひれ伏し、畏《おそ》れ、畏れるあまり懸命に自分の醜さを捜す。醜さを見いだしてようやく、顔を上げ、しかし直視できず、指のあいだからむさぼるようにのぞき見る。

「片腕」という短編の、女の腕の美しさを描写する、その執拗《しつよう》さはすごい。

「腕のつけ根であるか、肩のはしであるか、そこにぷっくりと円みがある。西洋の美しい細身の娘にある円みで、日本の娘には稀《ま》れである。それがこの娘にはあった。ほのぼのとういういしい光りの球形のように、清純で優雅な円みである。娘が純潔を失うと間もなくその円みの愛らしさも鈍ってしまう。たるんでしまう。美しい娘の人生にとっても、短いあいだの美しい円みである。それがこの娘にはあった。肩のこの可《か》憐《れん》な円みから娘のからだの可憐なすべてが感じられる。胸の円みもそう大きくなく、手のひらにはいって、はにかみながら吸いつくような固さ、やわらかさだろう。娘の肩の円みを見ていると、私には娘の歩く脚も見えた。……」

ここからさらに、肩の円み描写は延々一ページ続く。

女性の肉体のパーツを、他の作品のなかでもこの作家はよく描写しているが、それは小説の部分というよりも、突然はじまったスケッチのように思われて私にはとても興味深い。それは官能を呼び覚ます仕掛けでもなく、物語の必然でもなく、ただ目の前にある現物の精巧なスケッチで、まるで釘の一文のように、それはどことも混じり合わずすっとあらわれ、すっと消える。そうして物語とはまったく関係ないように思われるそのスケッチが、物語全体のトーンや色合いを左右する。

そうしてさらに興味深いのは、簡潔でありながら斬新《ざんしん》な作家独特の言葉が、いったんこのスケッチになるやいなや、無個性で、洗練されていない、平凡にすら感じられるものになることである。彼が女のどの部分を描き出しても、美しいのだとくりかえされても、読み手は淫靡《いんび》な気持ちには決してならないだろうと思う。彼の描く美しさと官能は、対極にあるのではないか。醜さを描いたときにより作家の筆は鋭いし、官能的である。

件の「片腕」のスケッチの、あまりの執拗さは滑稽《こっけい》ですらあり、はじめて読んだとき私は笑ってしまったのだが、しかし、この作家が美の熱心な信仰者であったと考えると、じつに納得がいく。垣間見《かいまみ》た奇跡を、忠実に再現し伝える義務が、信仰者にはある。五つのパンと二匹の魚で五千人の男が満腹になり十二かごのパンくずが残り、七つのパンと少しばかりのちいさな魚で四千人の群衆が満腹になり七かごのパンくずが残ったと、神の存在を知ってしまった人間は、具体的数字をあげ正確に描写する義務がある。そのように川端康成は美というものを描いた。

高校生の私が退屈だと書いた、踊子たちの会話は、こういう意味でやはり、美そのものであった。

映画に見る川端康成《やすなり》②――雪国

美しさ満開の岸・駒子。後ろは島村役の池部良。
(©東宝)

川端作品の映画化のなかで、忘れてならないのはやはり『雪国』であろう。もちろん、『伊豆《いず》の踊子《おどりこ》』の六回にはとうてい敵《かな》わないが、こちらは「不倫」がテーマ。アイドル純愛路線とは勝手が違う。映画では、一九五七(昭和三二)年の豊田四郎監督による岸恵子主演作がもっとも有名で、一九六五(昭和四〇)年、大《おお》庭《ば》秀雄《ひでお》監督による岩下志麻版はそのリメイクと位置づけられている。折しも後に夫となるイヴ・シアンピと恋愛中だった岸は、輝くばかりの美しさを惜しげもなくスクリーンに披露し、他方、岩下は、島村を虜《とりこ》にする小悪魔的魅力を振りまいている。

ところが、意外なことに『雪国』には「韓国版」が存在する。一九七七（昭和五二）年、高栄男《コ・ヨンナム》監督作品で、タイトルも『雪国』。韓国の江原道《カンウォンド》を舞台に繰り広げられる悲恋もので、駒子は伽耶琴《カヤグム》を弾く妓生《キーセン》、島村は民俗学者という設定。筋書きは原作をなぞっており、韓国でも評判の高い作品だったという。なんでも、江原道とソウルの位置関係は、東京と越後《えちご》湯沢のそれに酷似しており、江原道は温泉町でも有名なところなのだそうだ。

もうひとつ、『雪国』に関しては面白い話がある。川端康成生誕百周年をきっかけに笹倉明《ささくらあきら》が書き下ろした『新・雪国』という作品が、後藤幸一監督で二〇〇一（平成一三）年に映画化され、これが日本よりむしろ韓国で評判になったのだ。主演の笛木夕子が韓国で活躍する日本人女優であることもその一因だが、相手役の奥田瑛二《えいじ》との濡《ぬ》れ場《ば》の多さからポルノ呼ばわりされ、それがかえって人気をあおったらしい。昨年のネット上映ランキング（韓国ではレンタルビデオよりネット上映が一般的）一位を記録した。

日本の〝韓流ドラマブーム〟より一足早く、韓国で〝邦画ブーム〟があり、そこに『雪国』が絡《から》む。そんな日韓交流もあったのである。

むしろ小悪魔的魅力の岩下・駒子。
島村役は木村功。
（松竹提供）

韓国で人気No.1になった
『新・雪国』（韓国版のDVD）。

島内景二

【しまうち・けいじ】1955年長崎県生れ。東京大学大学院修了。国文学者。『文豪の古典力』『歴史小説真剣勝負』など、新視点から日本文学の全貌に肉薄。電気通信大学教授。

評伝　川端康成

日本の魔翁《まおう》、あるいは美翁《びおう》

【不思議な魔力をたたえた老人】

日本人は、早熟の天才少年や天才少女をもてはやす傾向がある。だが、立派な顔つきをした老人にも大きな尊敬をはらう。「神」のようにあがめられる老人の典型が、能面の「翁《おきな》」の顔。うつむき加減で、ちょっぴり哀《かな》しげ。国民から敬愛される老人には、東郷平八郎や乃木希典《のぎまれすけ》のような「武人」と、志賀直哉《なおや》や川端康成《やすなり》のような「文人」とがいる。

若い頃の写真ではきかん気なムードが漂っていた川端康成も、年を重ねるにつれて崇高な顔を手に入れた。とっても素敵な年の取り方をした文豪だと言えよう。でも、他の翁たちと川端は、ちょっと違っている。川端の顔には、「妖気《ようき》」が漂っているのだ。それは、目の印象から来ている。彼は、ものすごい「ギョロ目」である。とてつもない深いところを見通している巨眼。枯れた東洋的な悟りではなくて、どことなく妖《あや》しげで恐ろしげ。人生をまだあきらめていない執念が感じられる。

六九歳で日本人初のノーベル文学賞の名誉に輝きながら、七二歳で自殺してしまった。悟りを開いた神様なら、自殺などしない。ストックホルムの授賞式に、川端は羽織袴《はかま》の正装で出席した。ヨーロッパ人の目には、さぞかし「神秘的な東洋の翁」と映ったことだろう。痩《や》せているし、『千羽鶴《せんばづる》』という代表作もあるので、「鶴の化身のような翁」とも見えたかもしれない。この翁は、受賞記念講演の『美しい日本の私』で、一休和尚《おしょう》の言葉と伝えられる「仏界入り易《やす》く、魔界入り難し」という言葉を紹介し、「魔」の世界の魅力について熱っぽく語った。この人生の頂点で、川端は「魔」の世界の側に行ってしまったのかもしれない。

ショッキングな自殺も、魔の世界の住人なればこその決断だったのか。そう、川端は単なる「翁」ではなかった。「魔王」ならぬ、「魔翁」だったのではないか。二六歳の時の日記に、「幽霊と地獄にでも平気で住み得ると思うのが、僕平常の覚悟なり」と書きつけた川端。その一方で、特定の宗教を本気で信じていなかったという川端。彼は、どんな「魔少年」、そして「魔青年」「魔壮年」だったのだろうか。

他の文豪たちと比べて、川端の人生には起伏が少ない。比較的静かな人生だった。彼の心は山奥の湖面のように、ほとんど波風が立たなかった。でも、時として小さな波紋が生じた。そのかそけき湖の波紋は、何とも言えず美しい。

【一番の親友は、死に神】

川端康成は、本名である。ヨーロッパに世紀末芸術が吹き荒れた一八九九年、すなわち明治三二年六月一四日に誕生した。世紀末の特徴は、「虚無的」と「耽美《たんび》的」の二つ。これは、偶然にも川端文学の二つの柱となった。出生地は、大阪市北区。やはり大阪で生まれて日本的な「霊」の世界の権威となった折口信夫《おりくちしのぶ》は、川端よりも一二歳年上で、二人の間には深い接触はなかったようである。川端は、亡《な》き人の霊に呼びかける女性を描く『抒情歌《じょじょうか》』という不思議な短編も残している。霊は霊でも、西洋的な神秘思想に興味をもっていたのである。その上で、日本的な「美」の世界に分け入った。同じ大阪生まれでも、折口と川端は求める方向の異なる「魔人」だったのだろう。

川端の父・栄吉は医者だったが、文学や美術を愛好する「文人」だった。祖父の三八郎も薬を商いつつ、著作を残したり絵を描いたりした「文人」だった。川端の美術好きや骨董《こっとう》好きは、ここから来ている。川端家は、何と北条泰時《ほうじょうやすとき》の子孫だとされる。北条氏は平家の血筋だが、源氏の開いた鎌倉幕府を支え、執権として大きな権力を握った。北条泰時は、後鳥羽《ごとば》上皇の起こした「承久《じょうきゅう》の変」を平らげたことと、「御成敗式目」を制定したことで、必ず日本史の授業で教わる名執権である。

川端が物心ついたとき、日本はもはや武士の時代ではなく、天皇の時代になっていた。武士は、「滅んだ日本文化」の代表だった。滅び去った者の誇りを祖父からたたきこまれて、川端少年は育った。三六歳の時から亡くなるまで、人生の後半を鎌倉で暮らしたのは、彼が「北条泰時の末裔《まつえい》」だったからかもしれない。鎌倉は、川端にとって憧《あこが》れの「父祖の地」だった。

幼い川端は、孤独だった。彼のたった一人の親友は、「死に神」だったとしか思えない。彼は、「魔少年」あるいは「魔童」だった。二歳の時に父が死去し、母（ゲン）と一緒にその実家のある大阪府西成郡に移る。三歳の時に母が死去し、父方の祖父母の住む大阪府三島郡豊川村に移る。ここで、物心がついた。七歳の時に祖母（カネ）が死に、生き別れになっていた姉（芳子）を一〇歳の時に失い、一五歳の時に祖父も亡くなった。これで、川端は天涯孤独の少年となった。彼だけは生き残って、「滅びた者」あるいは「冥界《めいかい》へ旅立った者」の心を語る使命を与えられたのだ。

愛する者に次々に先立たれるのは、本人の「幸《さち》」が薄いから。川端は後に『源氏物語』の愛読者になるが、おそらく「紫の上」というヒロインに自分と同じ「不幸を呼び寄せてしまう幼児」の姿を読み取ったことだろう。紫の上は幼くして母に先立たれたので、祖母に養われていた。その祖母までが死んでしまう。光源氏に引き取られてようやく幸福になったものの、彼は失脚して須磨《すま》に去ってしまう。何とか光源氏は戻ってきたが、紫の上は子どもも生まず、正妻の地位からも転落し、出家もできず、孤独な一生を終える。

紫の上も川端も、大切な宝物から見捨てられる人生に耐えた。川端は、成人後も死に神との交際を止《や》めず、「葬式の名人」となった。彼は、文壇の葬儀委員長だった。葬式の式次第に精通していたので、葬儀になくてはならぬ人だった。それに、感動的な弔辞を述べる名人だった。島木健作、武田麟太郎《りんたろう》、横光利一《よこみつりいち》、菊池寛《かん》、林芙美子《ふみこ》、堀辰雄《たつお》、そして最後が三島由紀夫。なぜ、みんな川端のまわりから去ってしまうのか。「この世で人間らしく生きる幸せ」から自分は見放されている、という痛切な自覚。愛する人たちに見捨てられた、という哀しみ。彼らは、さっさと「あの世」に行ってしまった。だから、川端は「この世ならぬ世界＝魔界」に遊ぶ楽しさを覚えた。

『禽獣《きんじゅう》』という短編があるように、川端は犬や鳥が大好きだった。むろん、毎月決まって見事な十五夜を見せてくれる月や、毎年春になると忘れずに満開になってくれる桜の花にも、自分を裏切らない優しさを感じたことだろう。だが、自然との交流だけでなく、人間との交際も得意だった。川端は一七年間にもわたって、日本ペンクラブ会長を務めたし、日本近代文学館の設立にも貢献した。世俗的な興味をもたぬ川端だからこそ、実利と打算の渦巻く文壇やジャーナリズムを調整できたのだろう。

【中学時代の同性愛体験】

川端は、一番の成績で茨木《いばらき》中学に入った。五キロを歩いて通学し、病弱だった体を鍛えた。この中学は校長の方針で生徒は全員「はだし」だったというが、五キロの道をはだしで往復したのだろうか。歩くのを苦にしない体質だから、高校時代には伊《い》豆《ず》の険しい山道で踊り子たちと巡りあえたのだろう。

中学生の川端は文学に目覚め、成績は少しずつ落ちていった。劣等生ということはなく、中くらいの成績だったようだ。だが、卒業後に、難関の第一高等学校にストレートで合格している。知能指数と基礎学力が、高かったのだろう。

中学三年の時に最後の身寄りだった祖父が死んだので、四年生から寄宿舎に入った。ここで、同室となった下級生の男の子に、同性愛的な感情を抱いた。これが、川端の

「初恋」だったとされる。川端には、どことなく女性らしい仕草が感じられることがある。彼は美少女や女優が好きだったが、彼女たちと談笑する時には、なぜか「同類」と交じっているという雰囲気が漂っている。横光利一と「新感覚派の双璧《そうへき》」としてコンビを組んだ時にも、「剛の横光、柔の川端」という役割分担である。川端は、「両性具有」的なところがあった。だから、日本の美のシンボルとしての「女」を、あれほど共感を込めて描くことができたのだ。

川端少年は、孤独だった。だから、自分が「美しい」と思う人とのあたたかい「肌と肌との接触」を心から願った。だが、それは「性愛＝セックス」と同じ意味ではなかった。心やさしい少年と抱き合って寝ること。まだ大人の体になりきっていない少女の裸身を見て感動すること。できれば、その固いつぼみのような体に触れること。ただそれだけで、よいのだ。

川端が愛した『源氏物語』には、薫《かおる》という男性が登場する。いわゆる「宇治十帖《じゅうじょう》」の主人公である。不義密通の結果この世に生まれてきた罪の子で、孤独でネクラな青年に育ってしまった。彼は恋人に向かって、「わたしはあなたと向かい合って座り、月や花を同じ心で眺め、しめやかにお話しして過ごしたいのです」という、精一杯の愛の告白をする。「茶飲み友だち」でもよい、というのだ。世の中のすべての女性と肉の「交わり」を結ばずにはいられない光源氏的な「好色」とは、違っている。川端は、宇治十帖の薫なのだ。ちなみに、『伊豆の踊子《おどりこ》』のヒロインの名前も、偶然の一致だろうか、「薫」だった。

【高校時代と大学時代の「愛のメモリー」】

高校進学のために東京に出てきた川端は、「大阪人」という雰囲気を消してしまう。ただし、言葉のハシバシに晩年まで「関西なまり」が残っていた。一高では、寄宿舎に入った。二年生の秋に伊豆地方を旅して、旅芸人の一行と出会った。この一九歳の時の思い出がじっくりと時間をかけて熟成されて、二六歳の名作『伊豆の踊子』となった。この『伊豆の踊子』は当時の一高生の「旅のバイブル」となった。一高生たちの間では、「第二の踊子」との出会いを求めて、「歌枕《うたまくら》」としての伊豆」を旅するのが流行したという。

踊子の兄の名前は、「栄吉」。川端が二歳で死に別れた父親の名前である！　川端は踊子たちに、「家族」のような懐《なつ》かしさを感じたのだ。踊子は、まだ大人の体に成熟していない少女。川端は、最後の血脈だった祖父が亡くなった時の自分の年齢「一五歳」を、おそらく特別な数字として記憶していたのだろう。大人になる以前の一五歳までは、自分にも「家族」らしきものがあった。その記憶を呼び起こしてくれるもの。それが、一五歳くらいの少女だったのだ。川端の「幸福な時間」は、一五歳で止まっていた。その痛々しい哀しみが、『伊豆の踊子』のベースになっている。

ところで川端と同じ時代に、同じように美しい日本の女性を追い求めた作家がいる。谷崎潤一郎である。二人はライバルだったが、「女性観」は微妙に違っていた。谷崎には強い「母恋《ははご》い」の渇きがあったが、川端はそれほどではない。川端が執着したのは「少女」であって、「母」ではなかった。だから、谷崎が豊満なタイプの成熟した女性を愛するのに対して、川端はスレンダー系の女性を好む。川端は、土偶のような肉体美ではなく、お人形さんのような美に心ひかれたのだ。

大正九年に二一歳で進学した東京大学では、最初は英文科に在籍した。だが、ほとんど単位を取らずに、二年後に国文科へ転科した。国文科でも取得単位は不足していたが、主任教授のお情けで何とか卒業させてもらった。大正一三年、二四歳の春だった。正規のカリキュラムより一年多くかかったのは、英文科の在籍期間が余計だったから。でも、郷里の親戚《しんせき》には、「留年」した最後の一年間は学費の仕送りをしないでよいと、言い送っている。郷里の兄からしっかりと学費をせびり取る太宰《だざい》治の生き方とは、違っている。誠実だ。しかも、まだ大学生なのに原稿料で自活できるようになっていたのだ。それには、菊池寛の力が大きかった。

大正一〇年、第六次『新思潮』を創刊した。ちなみに、谷崎潤一郎は第二次『新思潮』、芥川龍之介《あくたがわりゅうのすけ》や菊池寛は第三次と第四次の『新思潮』である。川端は『新思潮』の看板を譲り受けるために菊池寛のもとを訪れ、気に入られた。これが、川端の人生を切り開く。

大学時代の最大のプライベートな事件は、カフェの女給に恋をしたこと。彼女は、家庭的に不幸な環境で育っていた。川端は、自分と「同類」の哀しい魂を見たのかもしれない。東北出身で、色が白く、ほっそりしていて、はかなげ。「自分が守ってあげなければ、彼女はこの過酷な世の中を生きていけないのではないか」と男に思わせるように、いじらしい。本当に、痛々しい美少女である。『源氏物語』で言えば、「夕顔」タイプ。たそがれの薄暗い闇《やみ》の中から、ぼうっと浮かび上がる白くはかなげな花。夢中になった川端は少女と婚約までしたが、彼女の側からの一方的な通告で破談となった。大失恋である。川端は、まだ二二歳。女は七歳も年下であり、一五歳の少女だった。『伊豆の踊子』の世界と言い、この失恋と言い、川端は「ロリコン趣味」だったのだろうか。

画家の藤田嗣治《つぐはる》が描いた妖しげな少女の図を、六三歳の川端が熱心に眺めている写真がある。「アリス趣味」とでも、言えようか。川端は、幼い時に「子どもらしい」遊びをしたことがなかった。だから、いかにも「子どもらしい」顔つきと体つきの少女と一緒になり、肌を接することで、「子どもの心をもった川端康成」を取り戻したいのである。いや、取り戻すも何も、川端には、「幸福な子どもの日々」が最初から失われていた。だから、「子どもの純真な心に向かって成熟したい」のだ。

川端の「魔翁《まおう》」ぶりが他の「翁《おきな》」たちと決定的に違っているのは、ここだ。ただ老人であるだけではなく、「童心に返った翁」という二面性があるのだ。でも、子供たちと仲よく遊ぶ良寛さんのような無邪気さはない。「恐るべき子どもたち」（アンファン・テリブル）という言葉があるように、子どもには特権がある。大人の社会の約束事や道徳観を無視してもよいのだ。川端文学の最高傑作は、妻子ある男が雪国の温泉芸者となじみになる話（『雪国』）とか、老人が息子の嫁に好意を持つ話（『山の音《おと》』）とか、若者が父の愛人だった女性と関係するだけでなく、その娘とも関係してしまう話（『千羽鶴』）などである。ここには、大人の社会を成り立たせている「道徳観」は、ほとんど欠如している。男であれ女であれ、大人たちが苦しんでいるのは、「子どもの心」を忘れたからだ。そして、子どもたちの「性愛」ぬきの肌の触れ合いを忘れたからだ。子どもの心を持てば、どんなに日々を楽しく暮らせることか。

年を重ねて悟りを開き立派な老人になるのではなく、自由奔放な「わらべごころ」を獲得すること。それが川端の人生の長い歩みだった。芸人の踊子やカフェの女給に心ひかれた青年時代の「美少女好き」は、そのスタート・ライン。「魔青年」の面目躍如である。彼の心の中の時間は、一五歳で停止したままだった。そして、一五歳へ向かって成熟する努力を積み重ねることになる。

【横光利一と共に、新感覚派の旗手となる】

作家として一流であるだけでなく、エディターとして天才的だった菊池寛は、若い横光利一と川端の才能を愛した。この二人は、菊池が創刊した『文藝春秋』の編集同人となった。異例の抜擢《ばってき》である。川端は、まだ大学生だった。横光は、早大高等予科文科を中退していた。菊池寛は、昭和一〇年に芥川賞を創設した時にも、川端を銓衡《せんこう》委員（選考委員）の一人に迎えている。それほど、才能を買っていたのだ。

横光と川端は、さらに『文芸時代』という雑誌を創刊して、はなばなしく「新感覚派」を旗揚げした。大正一三年、川端は二五歳だった。「創刊の辞」は、川端が書いた。この時期の川端は、理論家・批評家としての評価が高い。ということは、小説家としての評価は横光の方が上だったということである。

確かに、小説家としての横光の名声は、当時から群を抜いていた。『蠅《はえ》』『日輪』『機械』『上海《シャンハイ》』など、二一世紀の今読んでも冒険的な小説だ。かつての「芥川龍之介＝時代の寵児《ちょうじ》」（エース）が横光利一であり、かつての「菊池寛＝ナンバー2」（キャッチャー）が川端の役割だった。「天才横光の名女房役」といったところだろうか。

理論家として活躍した川端は、一流雑誌に「文芸時評」を頻繁に寄稿しただけでなく、無名の新人の発掘にも成果を挙げた。中でも、『いのちの初夜』の闘病作家・北条民雄の発掘と、『花ざかりの森』の天才少年・三島由紀夫の発掘は、特筆される。ただし、芥川賞の選考では太宰治を認めずに、太宰から逆襲を受けた一幕もあった。

新感覚派のリーダーである横光は、川端よりも一つ年上。だが、昭和二二年の歳《とし》の暮れに急死した。まだ満五〇歳にもなっていなかった。翌年の正月早々、葬儀があった。この時、川端は「横光君。僕は日本の山河を魂として君の後を生きてゆく」という、歴史的な弔辞を述べた。彼が「ナンバー2」の宿命から解放された瞬間だった。

この時、川端は天が自分に与えた使命（＝天命）を知り、これからの人生に待ち受けている「運命」も、透視したに違いない。この後も決して生き急がず、「子ども心へ向かっての成熟」をゆったりと続けた川端は、天才横光をしのぐ高い名声を獲得し、遂《つい》にはノーベル文学賞にも輝いた。結果的に、川端は「ひとり勝ち」したのだ。

川端のスタート・ラインだった「新感覚派」とは、どのような主張をもっていたのだろうか。モダンでシティ感覚あふれる技巧的表現が特徴である。川端の『夕景色の鏡』という短編のタイトルにも、それがよく反映している。「鏡の底には夕景色が流れていて、つまり写るものと写す鏡とが、映画の二重写しのように動くのだった」という汽車の窓の描写も、いかにも感覚的で新鮮だ。この短編は、後に長編『雪国』の冒頭部に置かれた。また、『掌《てのひら》の小説』と一括されている掌編《しょうへん》小説（短編小説）にも、「新感覚派」的な作風が目立つ。

「映画の二重写し」と、川端は書いていた。そう、新感覚派の文学は、映画という新しい芸術ともタイアップしていた。川端は、名匠・衣笠貞之助《きぬがさていのすけ》監督のために、『狂った一頁《ページ》』という映画のシナリオを書いた。いかにも「大正モダニズム」の世界である。

【夫人との同棲《どうせい》、そして結婚】

川端は、踊子と出会った一九歳の頃から毎年、伊豆に通って執筆していた。二六歳の時にも湯ケ島の湯本館に滞在していた。ここで、松林秀子《ひでこ》と知り合った。翌年、彼女と東京で同棲生活を始める。

大学時代に熱をあげたカフェの女給は、岩手県出身の七つ年下だったが、秀子は青森県出身で、八つ年下。落ち着いたムードの漂う晩年の秀子夫人から想像もつかないが、若い頃の写真では「断髪」（おかっぱ頭）が小悪魔的だ。いわゆる「モ・ガ」（モダン・ガール）である。ただし、川端夫婦が正式に入籍したのは、五年後の昭和六年だった。

入籍前の昭和五年、川端は雑誌のアンケートに答えて、「希望」を1から10まで、箇条書きにしている。「1、妻はなしに妾《めかけ》と暮したいと思います」「2、子供は産まず貰《もら》い子の方がいいと思います」から始まり、「6、仕事は一切旅先でしたいと思います」「7、原稿料ではなく、印税で暮せるようになりたいと思います」「9、いろんな動物を家一ぱいに飼いたいと思います」「10、横になりさえすれば、いつでも眠れるようになりたいと思います」と結んでいる。

川端は、これらの希望をほとんど手に入れた。四四歳の時に、母方のイトコの家の娘さんを「養女」に迎えた。彼女は、川端が七〇歳の時に、初孫（女の子）を生んでくれた。ついで、七二歳で男孫にも恵まれた。これで、北条泰時を先祖とする名門・川端家の血筋は保たれた。ただし、「妻はなしに」と希望したにもかかわらず、秀子夫人とはきっちり入籍している。そして、不眠症との戦いは晩年まで続き、自殺の引きがねともなった。

【一〇年以上の歳月をかけて『雪国』を磨き上げる】

川端は、伊豆の踊子のような、若い女性の芸人に異常なまでの興味があった。踊子が、「魔界の住人＝魔人」だからである。浅草のレビュー・ガール（踊子）にも深入りして、『浅草紅団《くれないだん》』を書いている。魔界に住む魔人には、人間たちに欠けている最も人間らしい「清純さ」がある。大人たちの持ち合わせない「子ども心」の流露がある。伊豆の山奥だけでなく、都会の「場末《ばすえ》」にも、魔界があった。そこに出入りすることが、川端の創作のエネルギーとなった。

だが、浅草は中国の上海ほどの「魔窟《まくつ》」ではないし、伊豆も東京からほど近い。昭和九年六月、三五歳の川端は、初めて越後《えちご》湯沢を訪れた。そして、一人の温泉芸者と知り合う。昭和一〇年から彼女をモデルとする短編小説を、川端は断続的にぽつりぽつりと発表し始めた。複数の短編を『雪国』というタイトルで一括してつなぎ合わせて、抜本的に推敲《すいこう》し、とりあえず出版したのが昭和一二年。ところが、この長編小説の最終的な決定版が出たのは、何と昭和二二年。川端は四八歳になっていた。

ちょっと脱線するが、「国境の長いトンネルを抜けると雪国であった」という有名な書き出しも、昭和一二年の段階で書き足されている。川端の小学生時代の習字が残っているが、「国境本支流水源湖沼《こしょう》浦船舶」と書かれている。船で国境の川をさかのぼる、ということだろうか。『雪国』は、汽車で国境のトンネルをくぐる。「国境」を「こっきょう」と読む説と、「くにざかい」と読む説とがあるが、「こっきょう」の方がより抒情《じょじょう》的だ。

それにしても、驚くべき執念である。これが、彼の最初の長編としての傑作となった。このしつこさにおいて、川端はナンバー・ワンの「魔壮年」作家だった。ゆっくりと時間をかけて、そして執念深く、一つの作品を納得のゆくまで磨き上げてゆく。川端の「魔小説家」ぶりは、「魔職人」あるいは「魔芸術家」と言ってもよいくらいだ。女たちが秘めている「魔」を執拗《しつよう》にあぶり出し、それを解き放つ川端の視線が強烈だ。この巨眼で女たちの心の奥底に光が当てられ、吸い上げられる。川端は、自分の心の中に吸収した「女の魔」をじっくりと味わい、楽しんでいる。

ワープロやパソコンが普及した現在では、新人賞に応募するアマチュア作家ですら短時間で大長編小説を書けるようになった。そういう彼らには、川端の自筆原稿を見てほしい。まるで小学生の「お習字」の清書のように、一字一画が丁寧に書かれている。推敲の跡ですら、芸術的だ。古典の「写本」のような感じがする。「文章を彫琢《ちょうたく》する」とは、まさにこのことを言うのだろう。魂を込めて、自然を、女心を、魔を、しっかりと文字に写し取ろうとする気迫があふれている。冷静でありながら、灼熱《しゃくねつ》の情熱である。だから、読者も一言一句を味わって読める。「ああ、文学って、もともと短編小説だったのだな」と知らされる瞬間である。小説は、速読するものではなく、ゆっくりと味読すべきものだということもわかってくる。昭和四八年創設の川端康成文学賞がすぐれた短編小説に与えられるのは、まことにふさわしい。

このように密度の高い短編小説が、たまたま集合すれば、一つのゆるやかな長編小説ができあがる。それが、「筆」や「ペン」で作品を書き綴《つづ》ってきた日本文学の伝統だった。たとえば、平安時代の『伊勢《いせ》物語』。「昔、男ありけり」で始まる完結した一二五の小さなエピソード。それらがゆるやかに束ねられて、在原業平《ありわらのなりひら》という人物の恋の一代記が完成する。さらには、『源氏物語』。五四の短い巻が集合して、滔々《とうとう》たる大長編となっている。このスタイルが、わが国を代表する文学形式である。

長編の長編たるポイントは、「書けば書くほど、心の袋小路《ふくろこうじ》に足を踏み入れる」ということ。日本的な長編小説は、読者にとっても作者にとっても「魔界」なのだ。主人公の心の成熟を語る西洋的な「教養小説＝ビルドゥングス・ロマン」とは、ちょっと違う。日本の長編小説も、「心の癒《いや》しと救い」を求めて心の旅路を誠実に歩む人を描く。だが、どれほど「苦しみ」と「哀《かな》しみ」を繰り返すか、どれほどそこから脱出できないものか、その果てしない旅が描かれるのだ。『源氏物語』をあれだけ長く書いてきた紫式部ですら、最後のヒロイン・浮舟《うきふね》の心は救えなかった。いや、簡単に救われないのが「人間の抱え込んだ魔」なのだ、作者は登場人物を安易に救ったりしてはいけない、と紫式部は訴えている。

日本的な長編には、バッド・エンドが多い。「ハッピー・エンドに傑作なし」と言ってもよいだろう。しかも、未完で中絶された話も多い。『雪国』も、まさにそうだ。『雪国』のヒロインの名前は、駒子《こまこ》。この純真な女の住む雪国を、島村は三度訪れる。そのたびに、駒子は苦境に落ちている。書けば書くほど、深まる泥沼。しかも、駒子から乗り換えて、若い葉子へと興味を移す島村。だが、燃えさかる火事の中で滅ぶ葉子の心と肉体。登場人物の誰にも救いの手をさしのべず、突き放し、すべてを冷徹に描き出した川端。彼は、紫式部もそうであったように、日本文学のエッセンスである「魔」を手に入れたのだろう。

『雪国』のアイデアを得てから完成させるまでの間に、川端は『源氏物語』を原文で熟読している。この「源氏体験」が、川端文学を飛翔《ひしょう》させた。川端は、谷崎とは違って『源氏物語』のネチネチした文体はマネしなかった。文体の継承ではなく、「魔」

の精神を理解し、継承したのだ。それは、急速な欧米化によって、「日本的な魔」が全国的に絶滅に向かう時期と重なっていた。この「魔」の別名を、失われゆく日本的な「美」とも言う。

川端は、日本的な魔女や美女を描いた。そして、「魔」と「美」にとりつかれて人生をあやまる男たちを描いた。壮年期の川端は、「魔」のありかを必死に尋ね歩いた。そして、しっかりとわが手につかみ取った。

【「魔翁《まおう》」から「美翁《びおう》」へ】

『雪国』を完成させて、「短編の集合体としての長編小説」という日本的な長編スタイルの奥義《おうぎ》をきわめた川端は、相次いで戦後の傑作をもう二つ紡《つむ》ぎ上げた。最も自分にふさわしい小説作法を手に入れたので、その方法が自由自在に一人歩きし始めたのだ。

昭和二四年は、満五〇歳の区切りの年だったが、『千羽鶴』と『山の音』の連載をほぼ同時期に開始した。本当に、脂《あぶら》が乗っている。今度は一〇年の歳月は必要ではなかったが、それでも数年の時間をかけて二つの長編は出版された（『千羽鶴』は、わけあって未完に終わった）。この時期が、川端が最も「文学の魔」と「文化の美」の核心に接近していた時期ではなかったか。ここから日本の文壇は、「魔翁」としての川端康成の独擅場《どくせんじょう》となる。

この二大名作を書き始める時、川端はいくつかの方針を立てている。まず、「魔」のシンボルである女たちを、家庭の外にある芸人や芸者ではなく、結婚して家庭に入る婦人へと転換した。次に、そういう「魔の女」を眺め、「魔に迷う男たち」を、東京と鎌倉《かまくら》を通勤するサラリーマンとした。男たちは、東京での「実務的な会社生活」と、鎌倉での「女たちとの精神生活」の二つに引き裂かれる。いわば、現代文明の最先端を生きる男が日常的に抱え込んでいる「魔の世界」を、川端はあぶり出そうとしたのだ。

魔界は、遠い国境のトンネルの向こう側ではなく、日常生活のただ中にある。夕方の会社からの帰宅電車が、「魔界」への入り口。そして、朝の会社への通勤電車が「魔界」からの出口。これは、戦後の川端が「鎌倉文庫」という出版社の幹部として、鎌倉と東京の間を往復した体験から来ている。でも、これは平安時代の公達《きんだち》が昼間の「宮仕《みやづか》え」を終えて、夕方になると恋しい女のもとへやって来る「妻問《つまど》い婚」のスタイルでもあるだろう。朝になると二人は「きぬぎぬの別れ」をして、濃密な「愛＝魔」の時間は終わる。

川端の『千羽鶴』は、「魔の女」たちに翻弄《ほんろう》される青年の姿を描く。妖気《ようき》あふれる魔の女、嫌悪感《けんおかん》を催すほどの悪魔的な女、清純すぎてその肉体に一指すら触れられない魔の女……。一方の『山の音』は、人生の終着点が刻一刻と近づいているのに、なおかつ「魔に惑う老人」の姿を描く。そういう「翁《おきな》の文学」を再発見している。『雪国』の傍観者・島村は中年男だったが、『山の音』は翁の目と心を通して女たちの魔を浮かび上がらせる。

『伊勢物語』の前半は、よく知られているように、在原業平《ありわらのなりひら》の輝かしい青春のアヴァンチュールを描く。だが、王朝屈指の美男子だった業平は、『伊勢物語』の後半では「翁」と呼ばれる。この物語の後半は、「翁」となった業平がいまだに「失われた恋人」を慕い続け、その永遠にかなえられない恋心を歌い続ける執念を語っている。川端の戦後の二大名作は、ほとんど同時進行した。川端は『伊勢物語』の前半を『千羽鶴』へ、そして後半を『山の音』へと、それぞれ割り振ったかのようだ。

「魔の女」の側でも、自分の心の中に息づく「魔」を制御できない。まして、「魔の女に翻弄される男たち」においてをや。そういう男たちが老人だった場合、その姿は滑稽《こっけい》で愚かだろうか。いや、そうではない。彼らは、入りがたい「魔界」への入場チケットを天から授けられた数少ない幸運者である。「魔に惑う翁《おきな》」はそのまま「魔翁《まおう》」

であり、「美に迷う翁《おきな》」はそのまま「美翁《びおう》」である。そして、それは作者自身の姿でもある。

『伊勢物語』では、翁となった業平のことを「かたい翁《おきな》」と呼んでいる。これは、「ホームレスのような老人」（「乞食＝カタイ」の翁）という悪口だけでなく、老いてなお心のあり方の美しい翁（「嘉体＝カタイ」の翁）であり、その心を美しい和歌で表現できる翁（「歌体＝カタイ」の翁）でもあるというホメ言葉なのだ。『山の音』と『千羽鶴』を書くことで、川端はまさに「嘉体翁」と「歌体翁」へと脱皮した。彼は、「魔翁」でありつつ、「美翁」でもある。それは、日本の古典文芸が継承してきた最良のエッセンスを体現した「芸翁《げいおう》」への道なのでもあった。「子ども心」の復活は、川端をいつの間にか最高の芸術家の境地へ導き入れたのだった。

「日本的な魔」の素顔をのぞき見るために、もう少し『千羽鶴』と『山の音』の世界にこだわろう。読者の側にも、とことん「魔」と付き合う決心が必要だろうから。

【『千羽鶴』の魔界は、男を苦しめつつ癒す】

新潮文庫には、『千羽鶴』とその続編『波千鳥』が一冊に収録されている。『千羽鶴』だけでも感動的だが、やはり『波千鳥』も連続して読みたい。かつて古文の授業で記憶した『万葉集』の古歌が、懐《なつ》かしく思い出されることだろう。

和歌の浦に潮満ちくれば潟《かた》を無み蘆辺《あしべ》をさして鶴《たづ》鳴きわたる　山部赤人
近江《あふみ》の海《うみ》夕波千鳥汝《な》が鳴けば心もしのにいにしへ思ほゆ　柿本人麻呂《かきのもとのひとまろ》

柿本人麻呂は、「歌聖」として尊敬されていた。それで、鎌倉時代には、優雅な連歌を作る人たちを「柿本衆《かきのもとしゅう》」と言った。反対に、通俗的な連歌を作る人たちを「栗《くり》本衆《のもとしゅう》」と言う。『千羽鶴』の太田《おおた》夫人は、「柿本衆」のリーダーである。そして、憎まれ役を演じる「栗本ちか子」が、名前通りに「栗本衆」である。

栗本ちか子は、菊治という好青年を「魔の女」である太田夫人から守るバリケードの役割を果たそうとする。しかし、菊治は父の愛人と知りながら、太田夫人を抱く。そして、その娘の文子とも、「もののまぎれ＝男と女のあやまち」を犯す。このあたり、「奇怪」「異様」「異常」というキーワードが繰り返され、「魔界」の妖《あや》しさとそこに生息する女たちの魅力とが強調されている。菊治は、とても魔の誘惑に耐えきれなかったのだ。

栗本ちか子は、現実世界の「常識」を代表しているのだが、その胸にある「あざ」

が「悪魔」の化身とすら菊治には思われてならない。蠱惑《こわく》的な「魔界」の「魔の女」と、悪の源泉としての「悪魔」とは違うのだ。川端の求める「女の魔」は、やさしい。「柿本衆」に属する人たちは、よく「涙」を浮かべて泣いている。それに、あでやかではかない「色彩」に染まり、心地よい「香り」も漂わせている。それでいて、現実世界を支えるシステムを滅ぼすまでの猛威を振るう。

太田夫人の娘の文子は、遠く九州の山々をさすらうことで、「母の魔」から解放されようとする。菊治は、清純無比な「ゆき子」と結婚したものの、太田夫人を抱いた「魔」の後遺症で、最愛の妻と夫婦関係がもてない。この胸苦しさが執拗に書き綴られている場面で、『波千鳥』は中絶した。川端が仕事部屋としていた旅館で創作ノートを盗まれてしまい、一行すらも書き足せなくなったのだ。この不埒《ふらち》な泥棒は、『千羽鶴』『波千鳥』の完結部分までも盗んだ。でも、「愛する女性と性交できない」のは、川端にとっては究極の「癒し」でもあったはずだ。なぜなら、性愛を知らない一五歳以前の童男童女への復帰こそ、彼の悲願なのだから。作者は、この菊治が陥っていた苦境を実際には楽しんでいたのだろう。だから、この場面で中絶させたのだ。

文子の失踪《しっそう》は、おそらく『源氏物語』の浮舟の失踪を参考にしたのだろう。川端は、浮舟の物語を抒情的な小説として見事にリライトしたことがある(昭和二三年『浮舟』)。

その本家の『源氏物語』も、中途半端《はんぱ》なところで終わっている。すなわち、中絶している。そもそも、短編を積み重ねて長編を作るのは、「この場面を最後として筆を擱《お》く」と決心するのがむずかしい。でも、川端は最高の「中絶」ポイントを選んだ。

菊治の過去に原因があるだけでなく、ゆき子の純白すぎる童心が性愛を拒否している。ゆき子もまた、「魔の女」なのだ。伊豆の踊子、カフェの女給、雪国の温泉宿の駒子や葉子たちのように、「一五歳」で心の中の時間が停止した「永遠の童女」なのだ。彼女の肉体が、どんなに成熟しつつあるとしても。

【『山の音』の魔界は、翁の心を彼方《かなた》へといざなう】

川端が「父祖の地」である鎌倉で暮らすようになったのは、昭和一〇年、三六歳の時だった。最初は、鎌倉市浄明寺《じょうみょうじ》に住んだ。文学者仲間の林房雄（代表作『息子の青春』『大東亜戦争肯定論』）と長田幹彦《みきひこ》（『祇園小唄《ぎおんこうた》』『島の娘』の作詞者でアンデルセン童話の翻訳もある）の隣だったという。むろん借家で、家主は著名な政治家だったという。

二年後には鎌倉市二階堂に転居した。ここも借家で、象徴詩人・蒲原有明《かんばらありあけ》が家主だった。蒲原有明には、「牡蠣《かき》の殻なる牡蠣の身の／かくもはてなき海にして／独りあやふく限ある／そのおもひこそ悲しけれ」（「牡蠣の殻」）という名詩がある。

戦後の昭和二一年、鎌倉市長谷《はせ》に転居。ここも借家だったが、裏山をもつ広大な邸宅で、「終《つい》の住みか」となった。ノーベル賞受賞のインタビューでテレビに何度も映ったのが、この家である。現在も、隣接して川端康成記念館が建っている。有名な鎌倉の大仏様（高徳院）や長谷観音、さらには鎌倉文学館からも近い。

鎌倉に住み始めた頃に、『雪国』の最初の単行本を刊行している。川端文学が完成しつつある頃に、鎌倉に転居したことになる。この『雪国』は、昭和一二年に第三回文芸懇話会賞を受賞。その賞金などで、川端は軽井沢に別荘を購入した。これ以後、夏は軽井沢、住まいは鎌倉、その他に仕事部屋、というライフスタイルが確定した。

さて、長谷に移り住んでから三年目に書き始められたのが、『山の音』。タイトルは、鎌倉の裏山から聞こえた夜の地鳴りの音。老いた信吾《しんご》には、その大地の鳴動が自分の命の滅びる音ではないかと思われてならない。

妻の保子《やすこ》との生活に、不満があるわけではない。だが、初恋の女性と結婚できなかった若き日の心の痛みは、まだ癒《い》えていない。死ぬ日まで、癒えないだろう。息子の修一は、戦争から帰還して以来、心に空洞をかかえ、菊子という美しい妻がいながら戦争未亡人の愛人との不倫にふけり、私生児を産ませている。嫁の菊子に寄せる信吾の気持ちは、恋心にも似ている。信吾の娘の房子は結婚に破れて、子連れで出戻ってきている。

修一の人生だけ取り出してみても、太宰治の『斜陽』を越えようとする野心作である。だが、川端は「菊子を見る信吾の目」をテーマに据えている。明らかに「異常」で「異様」な視線であり、切ない思いである。菊子は、夫との性の営みによって肉体は成熟する一方であるし、現に身ごもった。だが、夫の浮気中は子を産むつもりはないとして、きっぱりと妊娠中絶してしまう。「母親として成熟すること」を拒否したのは、菊子が一五歳の「女学生の魂」をずっと持ちつづける「幼女」という「魔の女」であることとの結果である。

『山の音』は、信吾が菊子に故郷である信州の紅葉を見せようとするところで終わっている。これも、信吾の死で完結させずに、その一歩手前の「終わったような、終わっていないような感じ」で「短編のゆるやかな集合体としての長編小説」を閉じる得意の手法。

紅葉の下に立つ菊子は、まさに謡曲『紅葉狩《もみじがり》』に出てくるような「鬼女」だろう。決して、信吾とは肉体的に結ばれない。それは、年甲斐《としがい》もなく若い女の肉体に魅せられた好色な翁を罰するためではない。菊子は、自分の美を一番深くわかってくれる信吾だからこそ、結ばれようとしないのである。

『源氏物語』には、光源氏との性愛を拒否する女たちがいる。空蟬《うつせみ》や、朝顔の斎院《さいいん》である。菊子と信吾の関係は、それとは違う。おそらく、「光源氏と玉鬘《たまかずら》」が最も「信吾と菊子」の関係と近いだろう。三六歳の光源氏は、二〇歳くらいの「玉鬘」と一つ屋根の下で暮らす。だが、彼女に惹《ひ》かれながら、ついに関係することはない。玉鬘は、別の男と結婚して、光源氏のもとから去ってゆく。

玉鬘の魂は純真でも、年齢はもはや「少女」ではない。その肉体は若者と結ばれて、「成熟した女」へと変貌《へんぼう》してゆく。それを指をくわえて眺める中年男の悲哀を描いたのが、光源氏と玉鬘の物語だった。これを近代小説で描けば、田山花袋《かたい》の『蒲団《ふとん》』の世界になる。川端は、さらに男性の年齢を引き上げて、「翁の惑い」を情感たっぷりに描きあげた。

【『古都』で、人間の運命を見つめる】

川端には、一種独特の時間感覚があった。彼の小説には「行間を読む」楽しさがあるし、一字一句が精魂こめて彫琢《ちょうたく》されているので、読者は軽々しく読み飛ばせないのだ。ゆっくりと味読して「遅読」するのがふさわしい。文章の中に読点（、）が多いのも、作者が読者に「休み休み読みなさい」という指示を出しているみたいだ。川端は、日常会話でも「沈黙」を楽しんだという。小林秀雄の『無常という事』にも、大切なことを語りかけられた川端が無言で笑っているだけだった、という箇所がある。川端は、仕事ぶりもゆったりとしていた。弟子の三島由紀夫が矢継ぎ早に問題作を量産しないと気が済まなかったのと正反対だ。だからこそ、幼い頃から「死」と向かい合いながら、七二歳まで生きられたのだろう。戦後の絶頂期に、『千羽鶴』と『山の音』を同時に書き進めたのは例外といっても良い。

昭和三六年、川端は六二歳で文化勲章を受けた。この年、『古都』と『美しさと哀《かな》しみと』を執筆している。仕事部屋を京都にもったが、谷崎潤一郎の旧居の隣だった。『古都』は、双子の姉妹をヒロインとしている。捨てられた方がお嬢様となり、捨てられずに親もとに残った方が寂しく厳しい人生を生きてゆく。この小説のキーワードは、「運命」。何人もの人たちが、「魔」との関わりを通して、自分たちの運命を発見する。

捨て子のヒロイン・千重子は、『竹取物語』のかぐや姫。だが、古里に帰ることもなく、養父母を見捨てることもない。そして、人間界の男たちすべてとの結婚を拒否するわけでもない。だが、「清純無比」の千重子の秘めている「清冽《せいれつ》な魅力＝魔」の色彩が、人々の心を千重子の色に染め上げ、彼らの運命を大きく変えてゆく。

双子の姉の幸せのみを一途《いちず》に願い、自分自身の幸せを断念するのが運命だと思い詰めている妹の苗子《なえこ》。西陣織の魔に取り憑《つ》かれている秀男。千重子と出会うことで、大学院で学問を続ける夢も、大きな問屋の長男の地位も捨てて婿《むこ》養子になると決心する竜助。そして、彼らの人生によって、恩ある養父母を支えるのが自分の運命だと悟るヒロインの千重子。

養父の太吉郎はデザインに関心があるが、「麻薬の魔力」を借りて仕事をした過去があるという。これは、「美しい日本の魔」の反対の、悪《あ》しき魔である。その太吉郎も、千重子に導かれて、本当の魔に目覚めてゆく。

「日本の魔」のシンボル・千重子。彼女は、「日本の美」のシンボルでもある。竜助という理想の恋人を得るが、まだ結婚前の「つぼみ」の状態で小説が終わる。まさに、女として開花する直前であった。魔も美も、決して男たちに征服されたり、支配されたりしてはならない。そういう小説を書かないのが、川端の姿勢である。

【ノーベル文学賞の光と影】

『雪国』『千羽鶴』『山の音』『古都』……。この日本的な、あまりにも日本的な傑作群に対して、ノーベル文学賞が授けられた。まさに運命である。昭和三六年以降、何人かの日本人文豪と一緒に何度も候補に挙がっていた。だが、日本人初の栄誉は、「小説の神様」の志賀直哉《なおや》でもなく、「女体美の探検家」の谷崎潤一郎でもなく、「日本刀のように切れる知性」の三島由紀夫でもなく、見事な「魔翁《まおう》」となった川端康成の頭上に輝いた。

この時、おそらく奇跡が起きたのだろう。ありうべからざる事態が起きた、とも言える。たとえば、一高生が伊豆の踊子と一〇年後に再会し、大人になった薫と肉体的に結ばれてしまうような感じ。あるいは、信吾が紅葉狩りに菊子を誘い、ひょんなことから二人が一線を越えてしまうようなもの。さらに言えば、『波千鳥』の菊治が「処女妻」のゆき子を抱いて、彼女の神秘性を捨ててしまうようなもの。

男は、「魔の女」と永遠に結ばれないことで、自分と彼女の間に美しい緊張関係を発生させる。それが、生きづらいこの世を生きるエネルギーとなる。その垣根を越えてしまったら、女の「魔」も急速に薄れ、男もエネルギーの供給源をなくしてしまう。

湯川秀樹以来、日本人にとっては特別の思いのあるノーベル文学賞。それは、「不可能」と同じ意味だった。永遠の憧《あこが》れである。それを手にした川端。川端の人生は、ノーベル賞の昭和四三年、六九歳で最高の地点に達した。そして、ここで終わっていた。

川端が「魔の女」から生命力を授かる時代は過ぎた。これからは、読者が「魔の女を描いた川端」から生命力をもらう一方だ。日本が世界に誇る文豪・川端康成は、「魔に惹《ひ》かれる翁」ではなく、「魔の女と一体化した翁」になってしまった。生涯で最高の栄誉には、おそるべき両面があった。

【政治との関わり】

昭和四三年、日本中が驚いた。直木賞作家である今東光《こんとうこう》（代表作『お吟さま』）が参議院選挙に出馬し、その選挙事務長を川端が務めたのである。今東光は、第六次『新思潮』以来の古い友人だった。昭和四六年には、東京都知事選で秦野章《はたのあきら》の応援もした。

戦時中は、特攻基地として有名な鹿児島県の鹿屋《かのや》を訪れているし、戦後は東京裁判を傍聴したり、原爆の被災地である広島・長崎を視察した。中国が文化大革命を展開したときには、石川淳・三島由紀夫・安部公房《こうぼう》と共に、文化大革命に反対するアピールを出している。立場はいろいろのように見えるが、川端には一貫して「政＝まつりごと」への深い関心があった。

それは、弟子の三島由紀夫の直線的で、一心に思い詰めた「政道観」とは違っていた。政治は、芸術という「魔」とは無縁の世俗的世界である。しかし、芸術の魔力は、悪い政治体制を滅ぼすことがある。谷崎潤一郎の『源氏物語』の現代語訳は、「不敬の書」とならないように、重要な部分を自発的に削除させられた。このように芸術に対して不寛容だった大日本帝国は、芸術にリベンジされたかのように滅ぼされた。川端は、かつて平家を滅ぼしたのも、北条氏の鎌倉幕府を滅ぼしたのも、徳川幕府を滅ぼしたのも、すべて『源氏物語』だったという奇抜な歴史観を述べたことがある（『哀愁』）。逆に言えば、『源氏物語』などの芸術を正当に遇することで、理想の政治体制がこの世に樹立できる。

この『源氏物語』に川端が深く沈潜したのが、戦時中だった。この時、政治と文学のあるべき関係について、一つの結論に達していたのだろう。最晩年の政治応援は、決して血迷った結果ではなかった。

そうは言っても、昭和四五年一一月二五日の愛弟子《まなでし》・三島由紀夫の政治的な死は、やはり衝撃だっただろう。幼少期から死と親しい「魔童」だった川端。そして、完《かん》壁《ぺき》な「魔翁」となった川端。彼が三島の割腹した陸上自衛隊市ヶ谷駐屯地を訪れて、現場で三島の遺体と対面したという噂《うわさ》がある。だが、この噂はなぜか聞く人の想像力を刺激する。川端のノーベル賞受賞決定の夜、おそらく渾身《こんしん》の悔しさを隠して祝福の言葉を述べたであろう三島。この夜を境として、三島の運命が暗転した可能性は否定できない。その二年後、政治壮年として凄惨《せいさん》な自決を遂げた三島の首と胴体を見たならば、川端は何を思っただろうか。「魔」の側の人間となった川端の巨眼は、何を映《うつ》しただろうか。そこに、大粒の涙は浮かんでいなかっただろうか。

【魔翁の昇天】

川端は、若い頃から不眠症で苦しんでいた。そのため、睡眠薬の中毒症状になったこともある。ノーベル賞受賞後の大騒ぎは、それに拍車をかけた。なおかつ、「魔」の側に足を踏み入れた川端は、女たちから「魔」のエネルギーを引き出せなくなった。それが、彼を追いつめる。

時間はさかのぼるが、川端は昭和三五年から翌年にかけて、『眠れる美女』を連載していた。主人公の名前は、「江口老人」。彼は、一晩中、眠り続ける若い娘と夜を共にする。「江口」は、もしかしたら地名から連想された人名かもしれない。淀川《よどがわ》のかつての河口にあり、遊郭のあった場所である。川端の郷里からも近い。江口の遊女は、普賢菩薩《ふげんぼさつ》の化身だったという。だから、江口老人の横には、菩薩のような「魔の女」が眠っていたことになる。共寝していた娘が急死した緊迫の場面で、この小説は終わる。眠りを中断された江口老人に、宿の女将《おかみ》は「白い錠剤」を差し出す。この錠剤を飲めば、眠るようにして江口老人は死ぬのではないか。そういう予感が漂う。

江口老人の願いとおそれは、晩年の川端自身のものだっただろう。昭和四七年四月一六日、逗子《ずし》の仕事部屋でガス管をくわえて自殺している川端の姿が発見された。満七二歳だった。苦しむことなく、眠るようにして亡《な》くなったと信じたい。それにしても、彼が永久《とわ》の眠りに就く直前に最後にまぶたに浮かんだ「魔の女」は、誰だったろう。その時に、彼の口からは「ああっ」という切ない叫びが洩《も》れたであろうか。

川端の墓は、鎌倉霊園にある。天台宗の僧侶《そうりよ》でもある旧友の今東光が付けた戒名は、文鏡院殿孤山康成大居士《こじ》。川端の文章は、人の心の魔や美をあますところなく映し出す静謐《せいひつ》な「鏡」だった。まさに文壇の孤峰だった。でも、裾野《すその》は『源氏物語』などの古典文学と連接していた。「大居士」にふさわしい人生だった。ただし、後に戒名は浄土宗の「大道院秀誉文華康成居士」と改められた。「秀誉」は、ノーベル賞を指すのだろう。この鎌倉霊園には、詩人の堀口大學、作家の里見弴《とん》や山本周五郎たちも眠っている。

◇川端康成をもっと知りたい人のために◇

◎川端作品＋α（新潮文庫以外の文庫・新書収録作品）

『美しい日本の私　その序説』　講談社現代新書　一九九一年
『一草一花』　講談社文芸文庫　一九九一年
『水晶幻想』　講談社文芸文庫　一九九二年
『反橋』　講談社文芸文庫　一九九二年
『浅草紅団』　講談社文芸文庫　一九九六年
『ある人の生のなかに』　講談社文芸文庫　一九九七年
『竹取物語』　日本古典文庫　河出書房新社　一九八五年
『文芸時評』　講談社文芸文庫　二〇〇三年

◎主要参考文献・評伝

『川端康成　文芸の世界』　小沢正明　おうふう　一九八〇年
『川端康成研究　東洋的な世界』　小林一郎　明治書院　一九八二年
『国文学研究叢書　川端康成の芸術』　鶴田欣也　明治書院　一九八一年
『新潮日本文学アルバム16　川端康成』　新潮社　一九八四年
『川端康成論考』　長谷川泉　明治書院　一九八四年
『川端康成　文学作品における〈死〉の内在様式』　金采洙　冬至書房　一九八四年
『美と仏教と児童文学と　川端康成の世界』　小林芳仁　双文社出版　一九八五年
『滝の音　懐旧の川端康成』　佐藤碧子　恒文社　一九八六年
『川端康成　その「源氏物語」体験』　上坂信男　右文書院　一九八六年

『魔界遊行 川端康成の戦後』 森本穫 林道舎 一九八七年
『川端康成「魔界」の書』 疋田寛吉 芸術新聞社 一九八七年
『川端康成研究』 今村潤子 審美社 一九八八年
『センチュリーブックス 川端康成』 福田清人／板垣信 清水書院 一九八七年
『近代作家研究叢書 川端康成』 古谷綱武／羽鳥徹哉 日本図書センター 一九八七年
『川端康成「雪国」を読む』 奥出健 三弥井書店 一九八九年
『川端康成 ほろびの文学』 森安理文 国書刊行会 一九八九年
『川端康成』 田久保英夫 小学館 一九九一年
『川端康成 大阪茨木時代と青春書簡集』 笹川隆平 和泉選書 一九九一年
『川端康成 作品論』 木幡瑞枝 勁草書房 一九九二年
『近代作家研究叢書 実録川端康成』 読売新聞社／日本図書センター 一九九二年
『川端康成 後姿への独白』 岩田光子 ゆまに書房 一九九二年
『川端康成〈ことば〉の仕組み』 田中実 蒼丘書林 一九九四年
『私の川端康成』 土居竜二 文化書房博文社 一九九五年
『川端康成 内なる古都』 河野仁昭 京都新聞出版センター 一九九五年
『近代文学作品論叢書 川端康成「雪国」作品論集成』 岩田光子 大空社 一九九六年
『川端康成全作品研究事典』 羽鳥徹哉・原善 勉誠出版 一九九八年
『川端康成燦遺映』 長谷川泉 至文堂 一九九八年
『川端康成 その遠近法』 原善 大修館書店 一九九九年
『反近代の文学 泉鏡花・川端康成』 三田英彬 おうふう 一九九九年
『世界の中の川端文学 川端康成生誕百年記念』 川端文学研究会 おうふう 一九九九年

『横光利一　菊池寛・川端康成の周辺』保昌正夫　笠間書院　一九九九年
『川端康成「掌の小説」論「貧者の恋人」その他』森晴雄　竜書房　二〇〇〇年
『川端康成燦遺映　続』長谷川泉　至文堂　二〇〇〇年
『近代文学作品論集成　川端康成「伊豆の踊子」作品論集』原善　クレス出版　二〇〇一年
『論集川端康成　掌の小説』川端文学研究会　おうふう　二〇〇一年
『川端康成と三島由紀夫をめぐる21章』滝田夏樹　風間書房　二〇〇二年
『臨床文学論　川端康成から吉本ばななまで』近藤裕子　彩流社　二〇〇三年
『川端康成「掌の小説」論「雨傘」その他』森晴雄　竜書房　二〇〇三年
『川端康成　余白を埋める』平山城児　研文選書　二〇〇三年
『日本文学の本質と運命「古事記」から川端康成まで』M・J・デ・プラダ＝ヴィセンテ　九州大学出版会　二〇〇四年
『マガジン青春譜　川端康成と大宅壮一』猪瀬直樹　文春文庫　二〇〇四年

◎オーディオ・ビジュアル

『伊豆の踊子』DVD（山口百恵主演映画大全集）東芝EMI　二〇〇〇年
『古都』DVD（山口百恵主演映画大全集）東芝EMI　二〇〇〇年
『雪国』新潮CD　上・下巻　二〇〇一年
『伊豆の踊子』新潮CD　二〇〇二年

◎英訳版

『対訳　竹取物語』講談社インターナショナル　一九九八年
『眠れる美女』講談社インターナショナル　一九八〇年

（本書に記載された作品は二〇〇四年十一月現在入手可能なものです）

年譜

明治三十二年（一八九九年）六月十四日、大阪市北区此花町（現・北区天神橋）に、父栄吉、母ゲンの長男として生れる。姉芳子と二人姉弟。父は医師。
明治三十四年（一九〇一年）二歳　一月、父死去。
明治三十五年（一九〇二年）三歳　一月、母死去。祖父母に引き取られ、大阪府三島郡豊川村（現・茨木市宿久庄）に移る。姉は母方の叔母に預けられ、離別。
明治三十九年（一九〇六年）七歳　豊川小学校に入学。九月、祖母死去。以後、祖父と二人暮らし。
明治四十二年（一九〇九年）十歳　七月、姉死去。
明治四十五年・大正元年（一九一二年）十三歳　大阪府立茨木中学校に入学。中学二年頃から小説家を志す。
大正三年（一九一四年）十五歳　五月、祖父死去。孤児となり、西成郡豊里村（現・東淀川区豊里）の伯父の家に引き取られる。翌年より卒業まで中学の寄宿舎に入る。
大正六年（一九一七年）十八歳　三月、茨木中学校を卒業。浅草蔵前の従兄の家に寄留し、予備校に通う。九月、第一高等学校一部乙類（英文）に入学。
大正七年（一九一八年）十九歳　十月、伊豆に旅行し、旅芸人と道連れになる。
大正九年（一九二〇年）二十一歳　七月、一高を卒業。東京帝国大学英文科に入学。第六次「新思潮」の発刊を企て、菊池寛を訪ねる。以後長く菊池寛の恩顧を受ける。
大正十年（一九二一年）二十二歳　二月、第六次「新思潮」を創刊、四月、『招魂祭一景』を発表。菊池宅で、横光利一、芥川龍之介に会う。翌年、英文学科から国文学科に転科。
大正十二年（一九二三年）二十四歳　一月、菊池寛が「文藝春秋」を創刊、二号より編集同人に加わる。『会葬の名人』（後に『葬式の名人』と改題）を発表。
大正十三年（一九二四年）二十五歳　三月、東京帝国大学国文科を卒業。十月、横光利一、今東光らと「文芸時代」を創刊。〝新感覚派〟が誕生する。
大正十五年・昭和元年（一九二六年）二十七歳　前年より一年の大半を伊豆湯ヶ島に滞在。四月、松林秀子との同棲始まる（入籍は昭和六年）。

昭和二年（一九二七年）二十八歳　三月、『伊豆の踊子』を金星堂より刊行。

昭和四年（一九二九年）三十歳　九月、上野桜木町に移る。浅草公園に通い、カジノ・フォーリーの踊子たちを知る。十二月、『浅草紅団』の連載をはじめる（翌年二月完結）。

昭和八年（一九三三年）三十四歳　七月、『禽獣』を発表。

昭和十年（一九三五年）三十六歳　一月、芥川賞が創設され、初代銓衡委員になる。

昭和十二年（一九三七年）三十八歳　六月、『雪国』（創元社）刊行。鎌倉市二階堂に移る。

昭和十九年（一九四四年）四十五歳　四月、菊池寛賞を受賞。

昭和二十一年（一九四六年）四十七歳　十月、鎌倉市長谷二六四番地に転居。終生ここに暮らす。

昭和二十三年（一九四八年）四十九歳　五月、『川端康成全集』（全十六巻・新潮社）が刊行。

昭和二十七年（一九五二年）五十三歳　二月、『千羽鶴』で芸術院賞を受賞。

昭和二十九年（一九五四年）五十五歳　十二月、『山の音』で野間文芸賞を受賞。

昭和三十年（一九五五年）五十六歳　『東京の人』『みずうみ』（ともに新潮社）刊行。

昭和三十六年（一九六一年）六十二歳　文化勲章受章。『眠れる美女』（新潮社）刊行。

昭和三十七年（一九六二年）六十三歳　『古都』（新潮社）刊行。

昭和四十年（一九六五年）六十六歳　『美しさと哀しみと』（中央公論社）『片腕』（新潮社）刊行。

昭和四十三年（一九六八年）六十九歳　十月、ノーベル文学賞を受賞。ストックホルムの授賞式で「美しい日本の私――その序説」と題する記念講演を行う。

昭和四十四年（一九六九年）七十歳　『川端康成全集』（全十九巻・新潮社）『美の存在と発見』（毎日新聞社）刊行。

昭和四十六年（一九七一年）七十二歳　三月、東京都知事選で秦野章の応援に立つ。『三島由紀夫』『隅田川』を発表。

昭和四十七年（一九七二年）享年七十二　三月、急性盲腸炎で入院、手術。四月十六日、逗子マリーナマンション内の仕事部屋でガス自殺。

文豪《ぶんごう》ナビ 川端《かわばた》康《やす》成《なり》

新潮文庫　か－1－0

平成十六年十二月一日　発行
令和　六　年　六　月三十日　六　刷

編　者　新《しん》潮《ちょう》文《ぶん》庫《こ》

発行者　佐藤隆信

発行所　株式会社　新潮社

郵便番号　一六二―八七一一
東京都新宿区矢来町七一
電話　編集部(〇三)三二六六―五四四〇
　　　読者係(〇三)三二六六―五一一一
https://www.shinchosha.co.jp

価格はカバーに表示してあります。

乱丁・落丁本は、ご面倒ですが小社読者係宛ご送付ください。送料小社負担にてお取替えいたします。

ＤＴＰ組版製版・株式会社ゾーン
印刷・株式会社光邦　製本・株式会社大進堂

ISBN978-4-10-100100-5 C0195